Diogenes Taschenbuch 22581

Muriel Spark

Die Äbtissin von Crewe

Roman

Aus dem Englischen von Gisela Petersen

Diogenes

Titel der 1974 bei Macmillan, London,
erschienenen Originalausgabe:
›The Abbess of Crewe‹

Die deutsche Erstausgabe erschien 1977
Umschlagillustration von
Edward Gorey

Veröffentlicht als Diogenes Taschenbuch, 1993

80/93/36/1
ISBN 3 257 22581 4

Kommt und verhöhnt doch die Großen,
Die machten den Geist sich so schwer
Und plagten sich über die Maßen,
Um ein Denkmal zurückzulassen.
Ganz gleich ob ein Wind es zerstört . . .

Verhöhnt die Verhöhner entschlossen,
Die haben sich nie aufgerafft
Zum Guten und Weisen und Großen,
Sie beließen dem Schmutzwind die Kraft,
Denn Hohn ist ja unser Geschäft.

Aus: William Butler Yeats
Neunzehnhundertneunzehn

Erstes Kapitel

»Was, Schwester Winifrede«, spricht die Äbtissin klar und laut in die hellhörige Luft, »was ist gegen die herkömmliche Schlüssellochmethode einzuwenden?«

Schwester Winifrede winselt bestürzt: »Aber, Mutter, wir haben darüber gesprochen ...«, und ihre Stimme ist die Stimme der sehr Einfältigen, Ausdruck des Geistes, dem kein Morgen dämmert.

»Ruhe!« befiehlt die Äbtissin. »Wir sind jetzt ruhig und meditieren.« Als ob die Bäume lauschten, blickt sie hin zu den hohen Pappeln der Allee, durch die sie wandeln. Die Pappeln werfen ihre Schatten auf den sich neigenden Herbstnachmittag, und die Schatten liegen in geordneter regloser Reihe auf dem Weg wie eine zum Gottesdienst versammelte Schar demütiger Nonnen des alten Ordens. Die Äbtissin von Crewe, hoch aufragend in ihrer schlanken Gestalt, selber einer Pyramidenpappel gleich, wandelt neben Schwester Winifrede einher, richtet die hellen Augen auf den Kiesweg, auf dem die vier schwarzen Schuhe schreiten, schreiten, schreiten, immer zwei zur gleichen Zeit, bis sie zum Ende dieses Korridors der Meditation gelangen, der von der geheimen Pappelpolizei gesäumt wird.

Auf dem lichtüberfluteten weiten Rasen jenseits der Allee kommen ihnen zwei Männer in dunkler Polizeiuniform entgegen, mit zwei Schäferhunden, die an ihren kurzen Leinen zerren. Die Männer schauen geradeaus, als die Nonnen ebenso gleichgültig vorbeigehen.

Wenig später, dort draußen auf dem weiten Rasen, spricht die Äbtissin wieder. Ihr Kopf ist ein weißhäutiger englischer Schädel, schön umrahmt von der weißen Nonnenhaube. Sie ist zweiundvierzig Jahre alt, und vierzehn Generationen blasser, einflußreicher Vorfahren aus England und zehn aus Frankreich sind in die Knochen des wundervollen Kopfes gemeißelt. »Schwester Winifrede, alles, was in der Allee der Meditation gesprochen wird, wird aufgezeichnet. Das wurde Ihnen mehrfach gesagt. Werden Sie das nie begreifen?«

Schwester Winifrede hält im Gehen inne und versucht zu denken. Sie streicht über ihr schwarzes Gewand und umklammert den Rosenkranz am Gürtel. Seltsam, sie ist genauso groß wie die Äbtissin, aber nie wird sie ein Glockenturm sein, sondern eine englische Matrone bleiben – trotz der Nonnenhaube und des Gelübdes und dieser großen fleischlichen Keuschheit, die ihre flüchtigen Tage ausfüllt. Sie hält inne, mitten auf dem Rasen; Winifrede, Land der Mitternachtssonne, schaut die Äbtissin an, und unvermittelt taucht diese kleine Sonne, die Scheibe des Lichts und der Morgenröte, wie ein Mirakel in ihrem Hirn auf. »Sie wollen sagen, Mutter, daß Sie sogar die Pappeln mit *Wanzen* versehen haben?«

»Natürlich sind die Bäume verwanzt. Wie sollen wir sonst arbeiten, nun, da außerhalb der Mauern der Skandal tobt? Und nun, da Sie das wissen, wissen Sie es gleichsam nicht. Wir müssen auf unsere Sicherheit bedacht sein, und ich habe lediglich darüber zu entscheiden, worin diese besteht, habe die Regel des heiligen Benedikt im Auge zu behalten. Ich bin Ihr Gewissen und Ihre Autorität. Sie führen meinen Willen aus – Ende.«

»Aber wir sind doch eigentlich etwas mehr als einfache Benediktinerinnen, nicht wahr?« fragt Schwester Winifrede stocknaiv. »Die Jesuiten . . .«

»Schwester Winifrede«, erklärt die Äbtissin im Ton überlegener Ruhe, »ein Skandal ist im Gange, und Sie stecken bis zum Hals drin, ob es Ihnen gefällt oder nicht. Die Alte Regel gilt, wenn ich es sage. Die Jesuiten sind für die Jesuitenlehre zuständig, wenn ich es sage.«

Eine Glocke ertönt aus der Kapelle vor ihnen. Es ist sechs Uhr an diesem bezaubernden herbstlichen Abend. »Zur Vesper, ob es Ihnen gefällt oder nicht.«

»Aber ich liebe die Vesper. Ich liebe alle Offizien«, sagt Winifrede mit ihrer Plapperstimme, die entrüstet klingt wie die jedes Durchschnittschristen, eine monotone Klage völligen Mißverstehens.

Die Damen schreiten dahin, stattlich und groß, die Äbtissin eher wie ein Elfenbeinturm, Winifrede wie eine hübsche Gastgeberin oder Managersgattin und, hätte sie dazu Gelegenheit gehabt, passable Tennisspielerin am Wochenende.

»Die Kapelle wird nicht abgehört«, erklärt die Äbtissin beim Gehen. »Und die Beichtstühle schon gar nicht. So seltsam es scheinen mag, ich habe mir wohl überlegt, sie nicht mit solchen Apparaten auszustatten, wenigstens vorläufig nicht.«

Die Äbtissin ist in Weiß gekleidet, Winifrede in Schwarz. Nach ihnen betreten die anderen schwarzgewandeten Nonnen hintereinander die Kapelle, und die Vesperandacht beginnt.

Die Äbtissin steht auf ihrem erhöhten Platz im Altarraum, Weiß umgeben von Schwarz. Zweimal täglich wechselt sie das Gewand. Ein ordentliches Stück Arbeit, ihr Kloster, und wie weit ist es mit seiner Modernität von all den festen Konventionen der Vergangenheit, wie weit mit seinen alten Bräuchen von denen der Gegenwart entfernt! »Es ist die einzige Möglichkeit«, so hat Alexandra, die edle Äbtissin, einmal gesagt, »stets eine Antwort auf jede Art negativer Kritik bereit zu haben.«

Was die Jesuiten betrifft, so gibt es keinen weiblichen Jesuitenorden. Nichts Schriftliches verrät den mächtigen Pakt zwischen dem Kloster

Crewe und der Jesuitenhierarchie, diesen gewichtigen und höchst nützlichen Pakt. Welche Jesuiten wissen schon davon, ausgenommen ein paar wenige?

Was die Benediktiner angeht, so befolgt die Äbtissin die alte, strenge Regel so genau, besteht so strikt auf ihr, daß die echten Benediktiner voller Verwunderung zusahen – Mönche wie Nonnen zu wohlerzogen, um zu protestieren –, wie die Äbtissin die jüngsten Reformen ignorierte und ihr Haus verwaltete, als hätte niemals ein Vatikanisches Konzil stattgefunden; trotzdem haben sie gestaunt, daß eine so große, durch und durch von benediktinischem Geist erfüllte Frau ihre streng abgeschlossene Einrichtung als Skandalgegenstand in die internationale Presse brachte. Wie konnte der Skandal ohne die leiseste Andeutung jener alten Ursache – sexuelle Unziemlichkeit – ausgelöst werden, sondern allein durch das unerhebliche Verlegen oder bestenfalls den Diebstahl von Schwester Felicitys silbernem Fingerhut? Wie wird das alles enden?

»In der heutigen Zeit«, hatte die Äbtissin zu ihren vertrautesten Nonnen gesagt, »müssen wir neue klösterliche Interessengemeinschaften bilden. Die Zeiten des Vaters und des Sohnes sind vorbei. Wir sind in das Zeitalter des Heiligen Geistes eingetreten. Der Wind weht, wo er will, und ganz gewiß nach dem Kloster Crewe. Bei den

Benediktinern bin ich Benediktinerin, Jesuitin bei den Jesuiten. Ich wurde zur Äbtissin gewählt und bleibe Äbtissin, und ich tue, was der Geist mir eingibt.«

An- und abschwellend wie die See, so tönen bei der Vesper die Stimmen im Gregorianischen Choral. Hinter der Äbtissin fällt ein Schatten auf das Kirchenfenster, und der Umriß eines Mannes, der außen zum Fenster hochklettert, hebt sich vom Blau und Gelb des Glases ab. Was soll's – wieder ein Reporter, der versucht, sich Eingang ins Kloster zu verschaffen, oder vielleicht wieder ein Fotograf? Inzwischen beschäftigt der Skandal die gesamte Welt draußen, und die Herren von der Presse müssen ja schließlich leben. Jedenfalls wird er nicht in die Kapelle gelangen. Die Nonnen fahren fort mit dem feierlichen Gesang, während von außen für einige Augenblicke schwaches Stimmengemurmel undeutlich in die Kapelle dringt. Die Polizeihunde, einer angesteckt vom anderen, beginnen lautstark ihre eigene Litanei zu bellen. Plötzlich verstummt der Lärm; offenbar sind die Wachen aufgetaucht, um den Eindringling zu befragen. Der Schatten hinter dem Fenster verschwindet überstürzt.

Die Nonnen singen laut ihre Versikel und Responsorien, ihre Antiphonen:

Erde, erbebe vor dem Anblick des Herrn,
Vor Jakobs Gott,
Vor seinem heiligen Antlitz!
Der den Felsen gewandelt zum Weiher,
Zur strömenden Quelle den Stein.
Nicht uns, Herr, nicht uns,
Ehre verleih deinem Namen,
Um deiner Gnade willen und deiner Treue.

Aber die Äbtissin zieht, man weiß es, das Lateinische vor. Man sagt, daß sie manchmal die lateinische Version anstimmt, während die Kongregation zur gleichen Zeit die neue, englische Fassung singt. Ihr erhöhter Platz ist zu weit vom Chor entfernt, als daß die Nonnen ihre Stimme hören könnten, außer wenn sie einen Solopart singt. Heute abend bei der Vesper bewegen sich ihre Lippen mit den übrigen, doch wahrnehmbar anders. Die Äbtissin, so nimmt man an, betet ihre Texte heute in lateinischer Sprache.

Sie sitzt abseits, das Gesicht den Nonnen zugekehrt, weiß vor dem Altar. Vor ihrem Betschemel erstrecken sich die grünen Marmorplatten und die grauen Platten der Schwestern, die dort bestattet sind. Hildegarde liegt dort; Ignatia liegt dort; wer wird die nächste sein?

Die Äbtissin bewegt die Lippen im Gesang. In Wahrheit singt sie englisch, nicht lateinisch; sie singt ihr persönliches Gloria, nicht die Vesper für

Sonntag. Sie schaut auf die Reihe der Gräber, denkt an wer weiß welche dort Begrabenen in Vergangenheit oder Zukunft und singt leise:

Auch deine Schönheit schwindet bald,
In deiner Morgengruft verhallt
Kein Lied von mir; der Wurm verzehrt,
Was dir als Jungfernschaft so wert ...

Die Nonnenwolke hebt die weißen Gesichter und bringt den Engeln die abschließende Antiphone zu Gehör:

Unser Gott ist im Himmel und auf Erden;
Alles, was er wollte, er hat es vollbracht.

»Amen«, antwortet die Äbtissin, klar wie der lichte Tag.

Draußen in den Anlagen streifen die Hunde umher, patrouillieren schweigend die Wachen. Die Äbtissin schreitet in der blauen Dämmerung voran auf dem Weg von der Kapelle zum Haus. Die Nonnen folgen paarweise in hierarchischer Ordnung – ältere Schwestern, jüngere Schwestern, Chornonnen, Novizinnen und Namenlose, fünfzig an der Zahl –, die Priorin und die Novizenmeisterin unmittelbar hinter der Äbtissin und am Ende der gesichtslosen Reihe die demütigen Novizinnen.

»Walburga«, sagt die Äbtissin und wendet sich halb zur Priorin um, die rechts hinter ihr geht; »Mildred«, sagt sie und dreht sich nach links zur Novizenmeisterin um, »gehen Sie jetzt und ruhen Sie, weil ich mit Ihnen beiden zwischen Matutin und Laudes sprechen muß.«

Matutin wird um Mitternacht gesungen. Laudes, heute von nur wenigen Klöstern um drei Uhr morgens zelebriert, wird nichtsdestoweniger im Kloster Crewe zu dieser alten traditionellen Zeit eingehalten. Zwischen Matutin und Laudes berät sich die Äbtissin am liebsten mit den ihr am nächsten stehenden Nonnen. Walburga und Mildred murmeln ihre Zustimmung zur nächtlichen Verabredung und verbeugen sich tief vor der erhabenen Äbtissin, dem hohen, schlanken Turm.

Die Kongregation ist beim Abendessen. Draußen heulen schon wieder die Hunde. Im gesamten Königreich laufen die Sieben-Uhr-Nachrichten, und wenn die einfachen Nonnen ein Radio oder ein Fernsehgerät hätten, könnten sie die neueste Entwicklung im Skandal um das Kloster Crewe verfolgen. So aber sitzen diese Nonnen, die seit ihrem Eintritt in das Kloster Crewe nie herausgekommen sind, am langen Refektoriumstisch stumm vor ihrer Fischpastete, während eine ältere Nonne am Chorpult in der Ecke steht und ihnen laut vorliest. Ihrer nasalen Stimme ist das arrogante Schnarren des jagdbesessenen Landadels eigen, von welchem sie und ihr gerötetes Gesicht sich einstmals gelöst haben. Sie steht wie ein Baumstamm, auf Distanz zu den Worten, die sie halb intoniert. Sie liest aus der großen, alten Ordensregel des heiligen Benedikt und zählt die Werkzeuge guter Arbeit auf:

Den Tag des Gerichtes fürchten.
Die Hölle fürchten.
Nach dem ewigen Leben mit aller Sehnsucht Verlangen tragen.
Den Tod täglich vor Augen haben.
Jede Stunde im Bewußtsein seiner Verantwortung leben.
Allerorten Gottes Auge über sich wissen.
Wenn böse Gedanken im Herzen aufsteigen, sie an Christus zerschellen und sie dem geistlichen Vater offenbaren.
Seinen Mund vor bösen und unschicklichen Reden bewahren.
Das viele Reden nicht lieben.
Keine leeren oder lächerlichen Reden halten.
Nichts sagen, was müßig ist oder Lachen verursacht.
Fromme Lesungen gern anhören.

Die Gabeln klirren leise auf den Tellern, bevor sie die Fischpastete häppchenweise in die Münder der bei Tisch Versammelten befördern. Die Vorleserin plagt sich weiter ab...

Die Gelüste des Fleisches nicht befriedigen.
Den Eigenwillen hassen.
Den Anordnungen der Äbtissin in allen Stükken Folge leisten, auch wenn sie selbst, was ferne sei, anders handeln sollte, eingedenk des Gebotes des Herrn: »Was sie euch sagen, tut; was sie aber tun, das tut nicht.«
Das Evangelium, nach Matthäus 23.

Bei Tisch führen die jüngeren Schwestern, die älteren Schwestern und die Novizinnen gleicherweise die Wassergläser an die Lippen, und die Vorleserin ebenfalls. Sie stellt ihr Glas wieder hin...

Mit seinem Gegner, bevor die Sonne untergeht, Frieden machen.

Still klappt die Vorleserin das Buch auf dem Lesepult zu und öffnet ein anderes, das daneben liegt. Sie fährt mit ihren Beschwörungen fort:

Eine Frequenz ist die Anzahl der Male, die sich eine periodische Erscheinung in einer Zeiteinheit wiederholt.
Für elektromagnetische Wellen wird die Frequenz in Hertz oder, für die höheren Fre-

quenzen, in Kilohertz oder Megahertz ausgedrückt.

Eine Frequenzabweichung ist der Unterschied zwischen der höchsten augenblicklichen Frequenz und der konstanten Trägerfrequenz einer frequenzmodulierten Funkübertragung.

Tonaufzeichnungssysteme gibt es in Form von unterschiedlicher Magnetisierung auf einem laufenden Band, das aus ferromagnetischem Material besteht oder damit beschichtet oder imprägniert ist.

Bei der Aufnahme wird das Band mit konstanter Geschwindigkeit am Schlitz eines Elektromagneten vorbeigeführt, der durch die vom Mikrophon kommenden Schallwellen mit Energie gespeist wird.

Hiermit ist die Lesung beendet. *Deo gratias.* »Amen«, erwidert das Refektorium.

Schwestern, seid nüchtern und wachet: Euer Widersacher, der Teufel, streift umher wie ein brüllender Löwe und sucht, wen er verschlingen kann.

»Amen.«

Das Empfangszimmer der Äbtissin von Crewe strahlt im Glanz seines Dekors, und am schönsten leuchtet eine zwei Fuß hohe Figur des Jesuskindes von Prag. Es ist mit den traditionellen Gewändern geschmückt, mit Krone und Meßgewändern, die mit so großen, so vielen teuren und glitzernden Edelsteinen besetzt sind, daß man fast an ihrer Echtheit zweifeln könnte. Indes, sie sind echt.

Die Schwestern – Mildred, die Novizenmeisterin, und Walburga, die Priorin – sitzen bei der Äbtissin. Es ist ein Uhr morgens. Die Laudes werden um drei gesungen, wenn die Kongregation sich vom Schlaf erhebt, wie in alter Zeit, um das dreistündliche Ritual zu befolgen.

»Natürlich ist es veraltet«, hatte die Äbtissin zu den beiden ranghöchsten Schwestern gesagt, als sie das Kloster mit der holden Zustimmung der seligen Äbtissin Hildegarde zu reformieren begann. »In modernen Zeiten ist es absurd, die Nonnen zweimal mitten in der Nacht aufstehen zu lassen, um Matutin und Laudes zu singen. Aber moderne Zeiten stehen in einem historischen Zusammenhang, und was mich betrifft, so funktioniert die Geschichte nicht. Hier im Kloster Crewe haben wir die Geschichte ad acta gelegt. Wir, liebe Schwestern, haben den Bereich der Mythologie betreten. Meine Nonnen lieben sie. Wer sehnt sich nicht danach, Teil eines Mythos zu sein, gleichgültig, was man dafür an Bequemlichkeit opfern muß? Das klösterliche System ist dank der historischen Entwicklung in der gesamten restlichen

Welt in Aufruhr. Hier, im Bereich der Mythologie, haben wir vollständige Erfüllung, haben wir Frieden.«

Mehr als zwei Jahre sind vergangen, seit dieser Zustand des Friedens verkündet wurde. Die Äbtissin sitzt jetzt zwischen Matutin und Laudes auf ihrem seidenbezogenen Sessel, in den soeben gewechselten weißen Gewändern. Vor ihr sitzen die beiden schwarzen rangältesten Schwestern, während sie davon spricht, was sie gerade im Fernsehen in den Abendnachrichten gesehen hat, und von jener Schwester Felicity, die – wie wir alle gehört haben – jüngst aus dem Kloster Crewe entfloh, um zu ihrem Jesuitengeliebten zu ziehen und der entzückten Welt die bekannte Geschichte zu erzählen.

»Felicity hat jetzt öffentlich die Überzeugung geäußert, daß wir auf unserem Besitz überall Abhörgeräte installiert haben«, sagt die Äbtissin zu ihren beiden Getreuen. »Sie fordert von Scotland Yard einen Untersuchungsausschuß.«

»Sie war gestern abend wieder im Fernsehen zu sehen?« fragt Mildred.

»Ja, mit ihrer unerträglichen Ausstrahlung. Sie sagte, sie vergibt uns allen, jeder einzelnen, betrachte es aber als eine Frage des Prinzips, daß eine polizeiliche Untersuchung stattfindet.«

»Aber sie hat keine Beweise«, gibt die Priorin Walburga zu bedenken.

»Irgendeiner hat die Geschichte bei den Abendzeitungen durchsickern lassen«, sagt die Äbtissin, »und sie haben Felicity sofort im Fernsehen gebracht.«

»Wer könnte es haben durchsickern lassen?« Walburga sitzt unbeweglich, die Hände im Schoß gefaltet.

»Ihr lockerer, undichter Jesuit, möchte ich annehmen.« Das Gesicht der Äbtissin schimmert wie eine Perle, die frischen weißen Gewänder fließen um sie herum auf den Boden. »Dieser Thomas, der mit Felicity schläft.«

»Also, einer hat es Thomas gesteckt«, sagt Mildred, »und das könnte nur eine von uns dreien sein oder Schwester Winifrede. Meiner Ansicht nach war es Winifrede, diese unbedarfte Närrin, die gequatscht hat.«

»Zweifellos, aber warum?«

»›Warum?‹, Walburga, ist immer eine schwer zu beantwortende Frage«, stellt die Äbtissin fest. »Bezogen auf irgendeine Handlung Winifredes, ist das ›Warum?‹ wie der geheimnisvolle Bestandteil eines braunen Eintopfs. Ich habe mit Winifrede etwas vor.«

»Sie war bestimmt vom Dogma und der offiziellen Version unterrichtet, wonach unsere elektronischen Vorrichtungen lediglich Laborausrüstung für die Ausbildung unserer Novizinnen und Nonnen darstellen, damit diese den Anforderungen der heutigen Zeit gewachsen sind«, sagt Schwester Mildred.

»Die verstorbene Äbtissin Hildegarde – möge sie in Frieden ruhen – war von Sinnen, Winifrede als Postulantin zuzulassen, geschweige denn sie in den Orden aufzunehmen.«

»Sei dem, wie es wolle«, sagt die lebende Äbtissin von Crewe, »Winifrede steckt bis zum Hals drin, und sie ist das letzte Glied in dem Skandal.«

»Amen«, sagen die beiden schwarzen Nonnen.

Die Äbtissin streckt die Hand nach dem Prager Jesulein aus und berührt mit der Fingerspitze einen Rubin, der in seine Gewänder eingelassen ist. »Wie es in den Nachrichten heißt, ist die Autobahn von London nach Crewe mit Reportern vollgestopft«, sagt sie nach einer Pause. »Die A 51 ist eine einzige Autoschlange. Trotz der Streiks und der Erdölkrisen.«

»Hoffentlich steht an den Pforten ein starkes Polizeiaufgebot«, sagt Mildred.

»Das Polizeiaufgebot ist stark. Ich habe beim Innenministerium nicht lockergelassen.«

»*Time* und *Newsweek* brachten diese Woche lange Artikel«, sagt Walburga. »Jede widmet Englands nationalem Nonnenskandal vier Seiten. Sie bringen Felicitys Foto.«

»Was sagen sie?« will die Äbtissin wissen.

»*Time* vergleicht die Öffentlichkeit mit Nero, der musiziert hat, während Rom in Flammen stand. *Newsweek* bringt in Erinnerung, daß es eine ähnliche Haltung – britische Frivolität und Vernachlässigung der nationalen Interessen – war, die zur amerikanischen Unabhängigkeitserklärung führte. Sie machen viel Wesens um die Geschichte mit Schwester Felicitys Fingerhut zur Zeit Ihrer Wahl, Mutter.«

»Ich wäre sowieso zur Äbtissin gewählt worden. Felicity hatte keine Chance.«

»Das haben die Amerikaner sehr wohl mitgekriegt«, sagt Walburga. »Sie scheinen amüsiert und natürlich ziemlich schockiert zu sein von der allgemeinen Verderbtheit in diesem Land.«

»Allerdings. Es ist eine dunkle Stunde für England in diesen seinen Tagen des Untergangs. Dieses ganze öffentliche Geschrei wegen eines silbernen Fingerhuts, und im Laufe der Monate ist es immer noch schlimmer geworden. Zu solch einem Skandal könnte es in den Vereinigten Staaten von Amerika niemals kommen. Dort drüben haben sie einen Sinn für Proportionen, sie verstehen die menschliche Natur – und das ist das Geheimnis ihres Erfolges. Ein realistischer Menschenschlag, wenn sie den Spargel auch falsch essen. Ich habe indessen einen Brief aus Rom, liebe Schwester Walburga, liebe Schwester Mildred. Er ist von der Glaubenskongregation. Wir müssen ihn ernst nehmen.«

»Das tun wir«, sagt Walburga.

»Wir müssen etwas tun«, fährt die Äbtissin fort, »denn der Kardinal hat selber geschrieben, nicht sein Sekretär. Sie klopfen auf den Busch. Sie stellen Fragen, und es sind Suggestivfragen.«

»Macht man sich Sorgen wegen der Presse und des Aufsehens?« Walburga bewegt die Finger auf dem Schoß.

»Ja, man verlangt eine Erklärung. Ich aber«, sagt die Äbtissin von Crewe, »mache mir keine Sorgen wegen der Publicity. Wir sind jetzt an dem Punkt angelangt, wo wir nicht genug davon haben können.«

Mildreds Gedanken scheinen abgeschweift zu sein. Plötzlich ist ihre Ruhe dahin. »Oh, wir könnten exkommuniziert werden! Ich weiß, wir werden exkommuniziert!«

Die Äbtissin fährt gleichmütig fort. »Je größer von nun an der Skandal wird, desto besser. Wir bewegen uns wahrhaftig in mythologischen Relationen. Wir sind die Akteure, die Presse und die Öffentlichkeit der Chor. Jeder Kolumnist hat seine eigene Version derselben alten Geschichte, sozusagen wie Aischylos, Sophokles oder Euripides, nur natürlich, das können Sie mir glauben, in viel schlechterem dramatischen Stil. An der *Lady Margaret Hall* habe ich ein Jahr lang klassische Philologie studiert, ehe ich zu englischer Literatur übergewechselt bin. Wie dem auch sei – Walburga, Mildred, meine

Schwestern –, die Tatsachen sind nicht mehr bei uns, sondern sie sind zu Gott zurückgekehrt, von dem sie stammen. Wir können nicht ohne die Tatsachen exkommuniziert werden. Was die juristischen Aspekte betrifft, so würde kein Richter im Königreich den Fall anhören, wie immer Felicity ihn auch darstellt. Man kann keine Klage gegen Agamemnon erheben oder Klytämnestra unter Androhung von Strafe vorladen, oder?«

Walburga starrt die Äbtissin an, als sei sie eine Fremde. »Man kann, wenn man selber in dem Drama mitspielt.« Sie fröstelt. »Hier zieht es. Steht ein Fenster offen?«

»Nein«, antwortet die Äbtissin.

»Was werden Sie Rom antworten?« fragt Mildred mit ängstlich leiser Stimme.

»Was die Darstellung in den Nachrichten betrifft, so gebe ich zu verstehen, daß wir Opfer weit verbreiteter Dämonologie sind. Das sind wir tatsächlich. Aber sie stellen eine zweite Frage, bei der ich unschlüssig bin.«

»Über Schwester Felicity und ihren Jesuiten!« vermutet Walburga.

»Nein, selbstverständlich nicht. Warum sollten sie sich über eine wollüstige Nonne und einen Jesuiten Gedanken machen? Ich muß sagen, ein Jesuit oder überhaupt jeder Priester wäre der letzte, von dem ich mich umlegen lassen möchte.

Einen Mann, der sich entkleidet – vielleicht; aber einen, der sich entkuttet – nein.«

»Diese Art Priester bevorzugt gewöhnlich junge Studentinnen«, wirft Walburga ein. »Ich weiß nicht, was Thomas an Felicity findet.«

»Thomas trägt keine Ordenstracht, er würde also bei Felicity keine Kutte ablegen«, korrigiert Mildred.

»Ich muß nun entscheiden, wie die zweite Frage in dem Brief aus Rom zu beantworten ist. Sie ist sehr vorsichtig formuliert. Man scheint sehr argwöhnisch zu sein. Sie wollen wissen, wie wir unsere strenge Observanz der Ordensregel mit dem Elektronikkurs vereinbaren, den wir anstelle von Buchbinden und Handweberei in unseren Stundenplan aufgenommen haben. Sie wollen wissen, warum wir nicht, wie andere Klöster, die althergebrachte Regel in Übereinstimmung mit den neuen Reformen lockern, wenn wir schon solch ein ganz modernes Fach wie Elektronik eingeführt haben. Oder umgekehrt: Sie wollen wissen, warum wir Elektronik lehren, wenn wir so eisern an den alten Vorschriften festhalten. Liest man zwischen den Zeilen, scheinen sie anzudeuten, daß sich in dem Kloster Abhörgeräte befinden. Sie benutzen das Wort ›Skandale‹ ziemlich häufig.«

»Es ist eine Falle«, sagt Walburga. »Dieser Brief ist eine Falle. Man will, daß Sie in eine Falle geraten. Dürfen wir den Brief mal sehen, Mutter?«

»Nein. Damit Sie, wenn Sie befragt werden, keine Schnitzer machen und unter Eid bezeugen können, daß Sie ihn nicht gesehen haben. Ich werde Ihnen meine Antwort zeigen, so daß Sie sagen können, Sie haben sie gesehen. Je mehr Wahrheiten und Verwirrung, desto besser.«

»Sollen wir verhört werden?« Mildred kreuzt die Arme am Hals über dem weißen Brustteil.

»Wer weiß? Haben Sie in der Zwischenzeit Vorschläge zu machen, Schwestern, wie ich unsere Aktivitäten in meiner Antwort überzeugend miteinander in Einklang bringen kann?«

Die Nonnen sitzen einen Augenblick lang schweigend da. Walburga sieht Mildred an, aber Mildred starrt auf den Teppich.

»Was ist mit dem Teppich, Mildred?« fragt die Äbtissin.

Mildred blickt auf. »Nichts, Mutter.«

»Es ist ein herrlicher Teppich, Mutter«, sagt Walburga und betrachtet die sattgrüne Fläche unter ihren Füßen.

Die Äbtissin neigt den bleichen Kopf zur Seite und bewundert ebenfalls den Teppich. Sie intoniert mit offensichtlicher innerer Befriedigung:

Nie sah man Rot und Weiß erblühn
Verliebt so wie dies lieblich Grün.

Walburga fröstelt ein wenig. Mildred hängt an den Lippen der Äbtissin, als warte sie auf das nächste kleine geflügelte Wort.

»Was soll ich Rom antworten?«

»Ich würde das gern überschlafen«, antwortet Walburga.

»Ich auch«, sagt Mildred.

Die Äbtissin blickt auf den Teppich.

Verwandelnd aller Dinge Sein,
Es grünt ein Sinn in grünem Schein.

»Ich«, sagt sie dann, »würde es vorziehen, es nicht zu überschlafen. Wo ist Schwester Gertrude im Augenblick?«

»Im Kongo«, antwortet Walburga.

»Dann verbinden Sie mich mit ihr über die grüne Leitung.«

»Wir haben keine grüne Leitung zum Kongo. Schwester Gertrude reist Tag und Nacht per Bahn und Schiff. Vor einigen Stunden müßte sie in einer größeren Stadt angekommen sein. Es ist schwierig, über ihren jeweiligen Aufenthaltsort auf dem laufenden zu sein.«

»Wenn sie in einer Stadt angekommen ist, müßten wir heute nacht von ihr hören. So war es ausgemacht. Je eher wir die grüne Leitung ausbauen, desto besser. Wir sollten von unserem Labor aus nach überallhin eine grüne Leitung haben;

es würde sehr helfen, Gertrude zu konsultieren. Ich weiß nicht, warum sie in der Welt herumreist und ihre Zeit mit ökumenischen Eintagsfliegen vertut. Das haben schon andere getan. Die Arianer, die Albigenser, die Jansenisten von Port Royal, die englischen Rekusanten, die Covenanter. So viele Schismen, Aufhebungen und Aussöhnungen. Am Ende legt sich der Löwe zum Lamm, und Gertrude gibt acht, daß sie liegen bleiben. Dabei ist Schwester Gertrude, glauben Sie mir, im Herzen ein Philosoph. Mit einem Schuß Hegel, ihrem Landsmann. Philosophen sind gefährlich, sobald sie zu philosophieren aufhören und zur Tat schreiten.«

»Wozu dann ihren Rat einholen?« fragt Walburga.

»Weil wir in Gefahr sind. Gefährliche Personen verstehen sich sehr gut darauf, der Gefahr zu entgehen.«

»Sie befindet sich gegenwärtig in einer äußerst wilden Gegend und bringt die Rituale der Medizinmänner mit einer speziell bearbeiteten Liturgie in Einklang«, berichtet Mildred, »und verfrachtet die alten Missionare aus diesem Gebiet in ein anderes, wo man sie mit Sicherheit bekämpft, wahrscheinlich sogar ermordet. Das aber wird geeigneter Anlaß dafür sein, im ersten Gebiet wieder die orthodoxe Messe einzuführen und damit die von den Medizinmännern angewandten Praktiken des

Knochenwerfens einzuschränken. Zumindest sehe ich das so.«

»Ich kann mit Gertrude nicht Schritt halten«, sagt die Äbtissin. »Warum sie so beliebt ist, ist mir wirklich schleierhaft. Aber allein ihrer Statur wegen kann man sie sich schon jetzt auf jedem Dorfanger als steinernes Standbild vorstellen. Die selige Mutter Gertrude.«

»Gertrude hätte ein Mann werden sollen«, stellt Walburga fest. »Bei dem Bartwuchs keine Frage.«

»Strotzt vor männlichen Hormonen.« Die Äbtissin erhebt sich von ihrem Seidensitz, um die glitzernden Gewänder des Jesuskindes von Prag besser ordnen zu können. »Und nun warten wir hier darauf, daß Gertrude uns anruft. Warum kann sie nicht dort sein, wo sie zu erreichen ist?«

Das Telefon im Nebenzimmer läutet so unvermittelt, daß Schwester Gertrude – falls sie es ist – den Wunsch ihrer Schwestern am anderen Ende der Welt gespürt haben muß. Mildred geht vorsichtig über den grünen Teppich ins Nebenzimmer und nimmt den Hörer ab. Es ist Gertrude.

»Erstaunlich«, sagt Walburga. »Die gute Gertrude hat einen unheimlichen Instinkt dafür, was wo und wann gebraucht wird.«

Die Äbtissin geht in ihren frischen weißen Gewändern ins Nachbarzimmer, gefolgt von Walburga. Da es sich um den Kontrollraum handelt, strahlt auch hier alles. Die Äbtissin setzt sich an ein langes stählernes Schaltpult und spricht.

»Gertrude, die Äbtissin von Crewe hat sich mit ihren Schwestern Walburga und Mildred über Sie unterhalten. Wir wissen nicht, was wir von Ihnen denken sollen. Was sollen wir denken?«

»Ich bin kein Philosoph«, ertönt Gertrudes tiefe philosophische Stimme.

»Liebe Gertrude, geht es Ihnen gut?«

»Ja.«

»Es hört sich nach Bronchitis an.«

»Also, Bronchitis hab ich nicht.«

»Gertrude«, fährt die Äbtissin fort, »Schwester Gertrude hat das ganze Königreich mit ihren gefährlichen Heldentaten entzückt, dieweil die Äbtissin von Crewe weiterhin ihre Rolle in dem Drama *Die Äbtissin von Crewe* spielt. Die Welt amüsiert sich und wartet auf die Katharsis. Ist das mein Schicksal?«

»Es ist Ihre Berufung«, antwortet Gertrude philosophisch.

»Gertrude, meine vortreffliche Nonne, meine gelehrte Hunnin, wir haben ein Problem und wissen nichts damit anzufangen.«

»Ein Problem löst man.«

»Gertrude«, schmeichelt die Äbtissin, »wir haben Ärger mit Rom. Die Glaubenskongregation fängt an zu bohren. Sie haben sich taktvoll erkundigt, wie wir die Observanz der Alten Regel, die sie, wie Sie wissen, verdächtig finden, mit dem Labor und mit den bei uns für die Nonnen durchgeführten Kursen in moderner Elektronik vereinbaren, die sie, wie Sie wissen, verdächtig finden.«

»Das ist kein Problem. Das ist ein Paradoxon.«

»Haben Sie Zeit, Gertrude, für ein ganz kurzes Seminar über die Behandlung von Paradoxa?«

»Mit einem Paradoxon lebt man«, sagt Gertrude und legt auf.

Die Äbtissin verläßt als erste dieses Zimmer voller blitzender viereckiger Schränke, voller Lampen und Hebel, Schaltknöpfe, Drucktasten und Schieberegler und Geräte, die auf erschreckende und wunderbare Weise jenseits der Reichweite menschlichen Wortschatzes sind. Sie geht voran zum Jesuskind von Prag, das mit den funkelnden Gaben aus der Mitgift der Nonnen geschmückt ist. Die Äbtissin sitzt an ihrem kleinen Schreibtisch, die Schwestern Walburga und Mildred still und gelassen neben ihr. Sie nimmt das schwere Schreibpapier des Klosters Crewe und legt es vor sich hin. Sie holt den Federhalter aus dem blitzenden Ständer und schreibt:

Eure Hochwürdige Eminenz,

Eure Eminenz erweisen mir die Ehre, mir zu schreiben, und ich danke Eurer Eminenz demütig.

Ich habe die Ehre, Eurer Eminenz zu erwi-

dern und vorzutragen, daß Ihre Informationsquellen vergiftet, Ihre Quellen unrein sind. Dort entspringen die Gerüchte, mein Haus betreffend, und ich bitte, zu diesem Thema nicht mehr schreiben zu müssen.

Eure Eminenz erweisen mir die Ehre, sich nach unseren Betätigungen zu erkundigen, wie wir dazu stehen, was Eure Eminenz uns die Ehre geben, das Problem zu nennen, unsere Bemühungen auf dem Gebiet technologischer Überwachung mit den Prinzipien traditionellen Lebens und traditioneller Andacht zu vereinbaren, an welchen wir festhalten.

Ich habe die Ehre, Eurer Eminenz zu erwidern. Ich möchte die Frage Eurer Eminenz ergebenst in zwei Teile gliedern. Daß wir die von Eurer Eminenz beschriebenen Dinge praktizieren, gebe ich zu; daß sie ein Problem darstellen, weise ich zurück; ich möchte mir die Freiheit nehmen, meinen Standpunkt zu erläutern, und behaupte:

Daß Religion auf Prinzipien des Paradoxen begründet ist.

Daß das Paradoxe akzeptiert werden muß und kein Problem darstellt.

Daß elektronische Überwachung (selbst wenn ein Kloster sie eines Tages praktizieren sollte) sich nicht von irgendeiner anderen

Form der Wachsamkeit unterscheidet, selbige in einer religiösen Gemeinschaft notwendig ist; uns wird in der Heiligen Schrift befohlen, ›zu wachen und zu beten‹, was an sich schon ein Paradoxon darstellt, da die beiden Tätigkeiten nicht erfolgreich zusammen ausgeübt werden können außer im paradoxen Sinn.

»Sie können lesen, was ich bisher geschrieben habe«, wendet sich die Äbtissin an ihre Schwestern. »Wie finden Sie das? Wird es sie für eine Weile verwirren?«

Die schwarzen Gestalten beugen sich über sie, die weißen Hauben treffen sich über dem Briefbogen.

»Ich sehe eine Schwierigkeit«, sagt Walburga. »Sie könnten argumentieren, daß das Anzapfen von Telefonen und der Einbau von *Wanzen* nicht einfach eine Fortsetzung der Praxis ist, Gerüchten zu lauschen, Vertraulichkeiten herauszufordern, Briefe über Wasserdampf zu öffnen und die Schränke der Novizinnen vorschriftsmäßig zu durchsuchen. Sie könnten durchaus sagen, daß wir in ein Stadium eingetreten sind, in dem ein gradueller Unterschied einem Unterschied in der Qualität gleichkommt.«

»Daran habe ich gedacht, aber die Tatsache, daß wir daran gedacht haben, trägt eher dazu bei, auszuschließen als anzunehmen, daß man in Rom daran denken wird. Ihr Trachten ist darauf gerichtet, das Kloster zu liquidieren, nicht, eine höfliche Korrespondenz mit uns zu führen.« Die Äbtissin hebt die Feder und schreibt weiter:

> *Schließlich, Eure Eminenz, gebe ich mir die Ehre, Eure Eminenz auf die feine Entfaltung und Vollendung unserer heiligen und paradoxen Einrichtung hinzuweisen, auf unsere geliebte und berühmte Schwester Gertrude, die wir aus unserer Mitte ausgesandt haben, auf daß sie für den ökumenischen Glauben arbeite. Zu Wasser, per Hubschrauber, mit dem Düsenflugzeug und auf dem Kamel bereist Schwester Gertrude die Erdkruste, gefolgt von Fotografen und Reportern. Paradoxerweise war es unsere abgeschiedene Gemeinschaft, die sie ausgesandt hat.*

»Gertrude würde toben«, sagt Mildred. »Sie ist aus freien Stücken gegangen.«

»Gertrude muß sich damit abfinden. Sie paßt in die rhetorische Situation«, sagt die Äbtissin. Sie beugt sich noch einmal über ihr Werk. Aber aus der Kapelle läutet die Glocke zu den Laudes. Es ist drei Uhr morgens. Der Regel getreu legt die Äbtissin sofort die Feder nieder. Ein weißer Schwan, zwei schwarze Schwäne – so schweben sie nacheinander aus dem Raum, hinüber in die Halle. Die ganze Kongregation ist in unerschütterlicher Gelassenheit versammelt. Nacheinander nehmen sie ihre Umhänge und folgen der Äbtissin in die Kapelle, die für die Laudes so gedämpft-dämmrig erleuchtet ist. Die Nonnen im Chorgestühl singen und respondieren um drei Uhr morgens mit wachen Stimmen.

O Herr, unser Gott! Wie wunderbar
Ist auf der ganzen Erde dein Name!
Dein Glanz über den Himmel hin
Wird besungen
Aus dem Munde der Kinder und Kleinen.
Du hast ein Bollwerk gebaut
Deinen Feinden zum Trotz,
Um Widersacher und Rebellen
Zum Schweigen zu bringen.

Die Äbtissin schaut leicht verwundert von ihrem Thron auf die halbdunkle Kapelle voller Nonnen, sie lauscht mit edler Wonne dem lebhaften Gesang, als wäre sie auf einer neu erschaffenen Welt. Sie denkt nach und sieht, daß diese gut ist. Ihre Lippen formen den lateinischen Psalm. Sie steht vor ihrem Thron, erhoben von dem, was sie sieht und hört, und vielleicht denkt sie über das erfüllte Dasein der Äbtissin von Crewe nach.

Et fecisti eum paulo minorem Angelis:
Gloria et honore coronasti eum.

Bald flüstert sie die melodischen Responsorien in anderen Worten, die ihr so sehr gefallen:

Jeder Preis, der ausgemacht,
Was die Karten wahrgesagt,
Wird beglichen, doch kein Wort,
Kein Gedanke, Kuß und Blick
Sei dahin nach dieser Nacht.

Zweites Kapitel

Im Sommer vor diesem Herbst liegt Schwester Felicitys Fingerhut, so sicher wie Gott im Himmel, an seinem Platz im Nähkästchen.

Die Äbtissin Hildegarde ist kürzlich verstorben und unter ihrer Grabplatte in der Kapelle beigesetzt.

Das Kloster Crewe ist ohne Vorsteherin, doch die Wahl der neuen Äbtissin soll in dreiundzwanzig Tagen stattfinden. Nach Matutin, zwanzig Minuten nach Mitternacht, gehen die Nonnen in ihre Zellen, um kurz und tief zu schlafen, bis sie zu den Laudes um drei geweckt werden. Felicity aber springt aus dem Fenster auf den unten abgestellten Heuwagen und eilt zu ihrem Jesuiten.

Die hochgewachsene Alexandra, derzeitige Subpriorin und bald zu wählende Äbtissin von Crewe, bleibt in der Kapelle und kniet nieder, um an Hildegardes Grabstätte zu beten. Sie flüstert:

Nun schlafe wohl, Geliebte mein,
Kalt ist dein Bett, die Ruhe dein!
Zum letztenmal ein Gute Nacht!
Schlaf fest, bis ich es auch vollbracht,
Bis Alter mich und Harm zerquält,
Krankheit mich Leib dem Staub vermählt,

Den er so liebt, mich zu dir bahrt,
Wo mir mein Herz die Heimstatt wahrt.

Sie trägt die gleiche schwarze Tracht wie die beiden Schwestern, die an der Kapellentür auf sie warten.

Sie schließt sich ihnen an, und mit im Nachtwind wehenden Umhängen kehren sie in das große Dormitorium zurück. Auf und ab schreiten sie – Alexandra, Walburga und Mildred – in den dunklen Kreuzgängen.

»Wozu sind wir hier?« fragt Alexandra. »Was machen wir hier?«

»Es ist unser Schicksal«, entgegnet Mildred.

»Sie werden zur Äbtissin gewählt, Alexandra«, sagt Walburga.

»Und Felicity?«

»Ihr Schicksal ist der Jesuit«, sagt Mildred.

»Sie hat Anhänger unter den jüngeren Schwestern«, gibt Walburga zu bedenken.

»Das ist ein Ergebnis ihrer ekelhaften Propaganda«, sagt die stolze Alexandra. »Sie redet immer von Liebe und Freiheit, als ob das ihre besonderen Attribute wären. Dabei kann Felicity in Wirklichkeit nicht lieben. Wie kann sie wahrhaft lieben? Sie ist zu schüchtern, als daß sie richtig hassen könnte, geschweige denn lieben. Lieben erfordert Mut. Und was weiß sie von Freiheit? Felicity hat nie Zwang kennengelernt, sie, die dauernd zu spät zur heiligen Messe gehastet kommt, mit verschlafenen Augen zur Prim und sich zerstreut durch das heilige Offizium quält. Jemand, der nie eine strikte Ordnung des Herzens beachtet hat, kann niemals von Freiheit Gebrauch machen.«

»Sie hält Ordnung in ihrem Nähkästchen«, stellt Mildred fest. »Mit ihrem Nähkästchen ist sie ganz eigen.«

»Felicitys Nähkästchen ist der genaue Maßstab für ihre Liebe und ihre Freiheit«, sagt Alexandra, die demnächst Äbtissin von Crewe sein wird. »Ihr Nähkästchen ist ihr Alpha und ihr Omega, nicht zu erwähnen ihr winziges Epsilon, ihr Jota und ihr Omikron. Trotz all ihres Geschwätzes und ihres träumerischen Jesuiten und ihrer frommen Wimpern läuft alles auf Felicitys kleines Nähkästchen hinaus, die Norm, von der sie ausgeht, den Norden ihres Kompasses. Sie würde das Kloster zugrunde richten, wenn sie gewählt würde. Wie stark ist ihre Anhängerschar?«

»Etwa so stark, wie sie selbst schwach ist. Wenn es zur Abstimmung kommt, wird sie unterliegen.«

Walburga sagt scharf: »Heute morgen hat, meinem Nachrichtendienst zufolge, die Meinungsumfrage zweiundvierzig Prozent der Stimmen für sie ergeben.«

»Das ist ziemlich beunruhigend, wenn man bedenkt, daß es mein Schicksal ist, Äbtissin von Crewe zu werden.« Alexandra bleibt stehen und die beiden Nonnen ebenfalls. Sie blickt sie an und lenkt ihre ganze Aufmerksamkeit auf sich, den Leuchtturm, der sie ist. »Falls ich mein Schicksal nicht erfüllen kann, dann waren die Wehen meiner Mutter sinnlos, und was tue ich hier?«

»Heute morgen haben die Novizinnen über Felicity gesprochen«, erzählt Mildred. »Sie ist vom Fenster aus gesehen worden, als sie zwischen Laudes und Prim im Park spazierenging. Sie hatte wohl ein Rendezvous.«

»Ach, na ja, die Novizinnen haben kein Stimmrecht.«

»Sie spiegeln die Meinung der jüngeren Schwestern wider.«

»Haben Sie eine Aufzeichnung von diesem ganzen Gerede?«

»Es ist auf Band«, bestätigt Mildred.

»Wir müssen etwas dagegen unternehmen.« Walburgas Gesicht hat einen Stich ins Grau-Grüne; es ist lang und glatt. Eine Äbtissin muß unbedingt über vierzig Jahre alt sein, aber Walburga, die gerade vierzig geworden ist, hat nur den Ehrgeiz, daß Alexandra gewählt wird und sie Priorin bleibt.

Walburga ist stark. Als sie das ewige Gelübde ablegte, hat sie als Mitgift ein Stück von London in die Gemeinschaft eingebracht, und zwar einen Teil der Park Lane mit Ausblick auf die Rotten Row, außerdem ein angrenzendes umgebautes

Kutscherhäuschen von großem Wert. Ihre Stärke verdankt sie der Unschuld ihres Herzens und der langwierigen Erziehung in ihrer Jugend, die sie zur Nachtzeit über so manchen englischen Collegehof, über so manchen europäischen Campus und so ins Bett geführt hat. Eine reiche Frau, behauptet sie immer, wird wahrscheinlich eher als die meisten im Herzen unschuldig bleiben. Ihre ehemaligen Liebhaber waren die gebildetsten, die zur Verfügung standen, wie ungeschickt sie auch immer waren, es waren ausnahmslos die Professoren, die tiefgründigeren Gelehrten, die sie anzogen. Und nachher ist sie sich durch eine Art Osmose stets selber gelehrt vorgekommen.

Auch Mildred hat ein Vermögen ins Kloster eingebracht. Ihr Teil schließt einen ansehnlichen Block in den Chicagoer Slums ein, dazu vier große Appartements am Boulevard Saint-Germain. Mildred ist sechsunddreißig und wäre als Kandidatin für die Wahl zu jung, selbst wenn sie bereit wäre, Äbtissin zu werden. Aber ihre Hoffnungen ruhen wie die Walburgas auf Alexandra. Mildred ist schon seit ihrem letzten Schuljahr im Kloster; möglicherweise nährt sie so große, nie zu verwirklichende Träume, daß sie es vorzieht, sie in ihrem Geist zu verschließen und lieber körperlich eine Untergebene zu bleiben, als irgendeinen realen Ehrgeiz zu entfalten, dem sie nicht gewachsen wäre. Sie hat in Demut gedient und sich zur Novizenmeisterin emporgearbeitet, eine ganz beispielhafte Nonne mit ihren blauen Augen, dem hübschen Gesicht und dem ängstlichen Geflatter, so daß Thomas, der Jesuit, anfangs lieber sie als Felicity genommen hätte. Er hatte es versucht, war ihr auf dem Heimweg von der Beichte gefolgt und hatte unter den Pappeln auf sie gewartet.

»Was haben Sie gebeichtet?« fragte er Mildred. »Was haben Sie diesem jungen Priester anvertraut? Welches sind Ihre Sünden?«

»Das geht nur mich und Gott etwas an. Es ist ein Geheimnis.«

»Und der Priester? Was haben Sie diesem jungen Beichtvater von Ihren Geheimnissen verraten?«

»Alles, was ich auf dem Herzen hatte. Es ist notwendig.«

Er war eifersüchtig, aber verlor. Welche tief verborgenen Träume Mildred auch nähren mochte, sie eilten dem Jesuiten weit voraus, überstiegen sein Vorstellungsvermögen. Schließlich haßte er Mildred und bändelte mit Felicity an.

Alexandra, die dem Kloster außer ihrer adligen Herkunft und ihrem scharfen Geist keine Mitgift eingebracht hat, soll nun, da Hildegarde in der Kapelle begraben liegt, Äbtissin werden. Und das Verwunderliche ist: Sie macht sich Gedanken, und sogar ihre Lieblingsnonnen sind darüber betroffen – jetzt, einige Wochen vor der Wahl –, daß

Felicity leichte Unruhe unter den vierzig stimmberechtigten Schwestern verursacht. Felicity hat neue, phantastische Ideen und ist im Begriff, beliebt zu werden.

Unter der seligen Äbtissin Hildegarde hat dieses seltsame Kloster, das halb benediktinisch, halb jesuitisch ist, bereits sein Zwitterwesen abgelegt. Es ist eine Mutation und eine bestehende Einrichtung. Die Äbtissin Hildegarde, tief beeindruckt von Alexandra, war in ihren letzten Lebenstagen nahe daran gewesen, Felicity aus dem Kloster zu verstoßen. Alexandra allein verfügt über Autorität und Führungsqualitäten. Wenn es zur Abstimmung kommt, muß es einfach Alexandra sein.

Sie schreiten durch die dunklen Kreuzgänge in solch offenkundigem Glück über die gemeinsame Sorge, daß sie ihr Vergnügen daran überhaupt nicht zu bemerken scheinen.

»Wir müssen etwas unternehmen. Felicity könnte eine Führungskrise im Kloster heraufbeschwören«, sagt Walburga.

»Eine Führungskrise«, wiederholt Mildred, die sowohl das Wort als auch die schmerzhafte Vorstellung genießt. »Die Kongregation muß weiter der Regel gehorchen, und das heißt: Alexandra.«

»Behalten Sie die Popularitätsschwankungen im Auge«, befiehlt Alexandra. »Schwestern, ich verzehre mich vor heiliger Unzufriedenheit. Wir stehen nur wenig unter den Engeln. Das lastet auf mir, weil ich wahrhaft glaube.«

»Ich auch«, bestätigt Walburga. »Mein Glaube ist unerschütterlich.«

»Der meine auch«, sagt Mildred. »Es gab eine Zeit, da ich sehnlichst wünschte, nicht zu glauben, aber schließlich war es mir unmöglich, nicht zu glauben.«

»Und Felicity, Ihre Feindin, Mutter? Wie steht es um Felicitys Glauben? Nimmt sie eigentlich, verdammt nochmal, irgend etwas am katholischen Glauben ernst?«

»Sie behauptet, sie sei besonders erleuchtet«, antwortet Alexandra. »Felicity will, daß alle durch ihre Vision befreit werden und das anerkennen. Sie will eine gestempelte Quittung von Gott dem Allmächtigen für jedes Wort, das sie gebraucht, für jede Tat, als könnte sie später alles von der Steuer abziehen. Felicity wird nie begreifen, worauf es beim Glauben ankommt, sofern er der Menschheit nicht sichtbar nutzt.«

»Sie ist so versessen darauf, allen Elenden hilfreich unter die Arme zu greifen«, sagt Walburga. »Danach können sie sich nicht mehr selber helfen.«

»Genau wie mit dem Jesuiten. Felicity hilft Thomas, würde sie sagen. Da bin ich sicher«, sagt Mildred. »Das wurde deutlich an der Art, wie er mir seine Hilfe anbot.«

Die Schwestern gehen Hand in Hand und kichern jetzt zusammen in den nachtdunklen Kreuzgängen. Alexandra, in der Mitte, hopst beim Gehen und lacht über die Vorstellung, daß eine von ihnen Hilfe seitens der Jesuiten nötig haben könnte.

Die Nonne vom Nachtdienst überquert den Hof, um die Glocke zu den Laudes zu läuten. Die drei Nonnen betreten das Haus. In der großen Halle scheint sich ein Pfeiler zu bewegen. Es ist Winifrede, die sich ihnen zugesellen möchte, das runde Gesicht leuchtet im Mondschein, sie selbst tappt im Halbdunkeln, da sie nur weiß, daß sie einen brauchbaren Platz in der Klosterhierarchie einnimmt.

»Winifrede, *Benedicite*«, begrüßt Alexandra sie.

»*Deo gratias*, Alexandra.«

»Nach den Laudes treffen wir uns im Empfangszimmer«, sagt Alexandra.

»Ich habe Neuigkeiten«, sagt Winifrede.

»Später, im Empfangszimmer«, wiederholt Walburga.

Und Mildred fügt hinzu: »Nicht hier, Winifrede!«

Aber aus Winifrede sprudelt es heraus wie Bier aus einem Faß ohne Zapfhahn. »Felicity treibt sich irgendwo in der Allee herum. Sie war mit Thomas, dem Jesuiten, zusammen. Ich habe sie beide auf Tonband und Video.«

»Ich weiß nicht, was für Blödsinn Sie reden«, sagt Alexandra laut und deutlich und sieht die vier Wände bedeutungsvoll an.

Mildred flüstert Winifrede leise zu. »In der Halle darf nichts besprochen werden. Wie oft haben wir Ihnen das schon gesagt!«

»Oh!« haucht Winifrede, entsetzt über ihren Fehler. »Ich habe vergessen, daß Sie die Halle gerade mit Wanzen gespickt haben.«

Ebenso schnell wie Mildred sich verzweifelt die Hand an die Stirn schlägt, verdreht Walburga die Augen, verärgert über solche Begriffsstutzigkeit.

Alexandra aber ist ruhig. »Aus dem Chaos wird Ordnung entstehen, wie es immer gewesen ist. Schwestern, seid nüchtern und wachet.«

Walburga, die Priorin, wendet sich an sie. »Alexandra, Sie sind so ruhig, so ruhig ...«

»Es gibt ein Sprichwort: ›Hüte dich vor dem Zorn der Ruhigen!‹«

Schweigend zieht die Kongregation die große Treppe hinunter und versammelt sich. Jetzt führt die Priorin, Alexandra folgt und hinter ihr die ganze Gemeinde, um die Horen zu singen.

Beim Mittagsoffizium um drei Uhr nachmittags schlüpft Felicity verschlafen in die Kapelle. Sie ist eine zierliche Nonne, klein wie ein Schulmädchen, gar nicht so, wie man nach dem ganzen Gerede über sie vermutet hätte. Nach ihrem Teint zu urteilen scheint das Haar, das unter der Haube sprießt, rötlich zu sein. Keiner weiß, wo sie den ganzen Tag und die halbe Nacht gewesen ist, denn sie war weder zur Matutin um Mitternacht noch zu den Laudes um drei Uhr morgens, weder zum Frühstück um fünf, zur Prim um sechs noch zur Terz um neun; auch war sie um elf nicht im Refektorium zum Mittagessen, das aus Gerstensuppe bestand und einem durchaus nahr- wie auch schmackhaften, obwohl ungewöhnlichen Brei von etwas Namenlosem auf Toast, wobei es sich bei diesem Etwas in Wirklichkeit um ein Katzenfutter namens Miau handelte, das billig und en gros eingekauft wurde. Felicity hatte nicht daran teil, auch sang sie mittags nicht bei der Sext mit. Überhaupt war sie zwischen diesen Ereignissen nirgendwo im Kloster, nicht in ihrer Zelle, nicht im Nähraum zum Sticken der Börsen, Meßgewänder und Altardecken und auch nicht im Elektroniklabor, das von den großen Nonnen Alexandra, Walburga und Mildred direkt vor der Nase und den absichtlich unaufmerksamen Blicken der verstorbenen Äbtissin Hildegarde eingerichtet worden war. Felicity war seit der Vesper des Vortages abwesend, und nun schlüpft sie zur Non in ihren Kirchenstuhl und gähnt um drei Uhr nachmittags.

Walburga, die Priorin und Vorsteherin des Klosters *pro tempore*, dreht ganz leicht den Kopf, als Felicity ihren Platz einnimmt, und wendet sich wieder ab. Die Kongregation vibriert wie ein flüchtiger Schatten, der rasch den Blicken entschwindet, und singt inbrünstig weiter. Die winzige Felicity, die den Psalter auswendig kann, nimmt den Gesang auf, aber nicht das Meßbuch:

Sie sprachen zu mir mit lügender Zunge,
Mit Worten des Hasses umgaben sie mich,
Sie bekämpften mich ohne Grund.
Meiner Liebe zum Lohn verklagten sie mich,
Ich aber, ich bete.
Sie vergalten mir Gutes mit Bösem,
Meine Liebe mit Haß.

Der hohe Thron der Äbtissin ist leer. Felicitys Augen, vor Schlaflosigkeit rötlich umrandet, wenden sich ihm beim Singen zu, wobei sie wahrscheinlich an die tote, unnahbare Äbtissin Hildegarde denkt, die vor kurzem noch steif auf diesem Platz saß; oder vielleicht daran, wie gut sie selbst ihn einnehmen könnte, klein, wie sie ist, eine Lebenskraft neuer Ideen, ein zitternder Lichtstreifen, plaziert in diesen düsteren Sessel. Die selige Hildegarde duldete Felicity nur, weil sie sie als eine gewöhnliche kleine Person betrachtete und es einer Christin geziemte, duldsam zu sein.

»Sie stellt für uns ein zuverlässiges Etwas dar, an dem wir unsere Nächstenliebe üben können«, vertraute die verstorbene Hildegarde eines Sommernachmittags zwischen Sext und Non Alexandra, Walburga und Mildred an.

Felicity wendet nun den Blick vom leeren Thron ab und späht, während sie ihre Responsorien anstimmt, zu Alexandra hinüber, die mächtig in ihrem Chorstuhl steht. Alexandras Lippen bewegen sich in der Beschwörung:

Am Wasser hin, kein Pfad, kein Steg,
Mein Feind allein wies mir den Weg,
Mein Feind allein ...

Felicity, die letzte Hand an eine Altardecke legt, stickt ein Motto in die Ecke. Sie führt es im zartesten, zierlichsten Seidenstich aus, weiß auf weiß, nachdem sie zuvor die Worte mit feinem Bleistift vorgezeichnet hat: *Opus Anglicanum*. Die kleinen, zerbrechlichen Finger arbeiten zielsicher, und ihr silberner Fingerhut blitzt.

Die anderen Nonnen sind um sie geschart, jede emsig beim Sticken, aber keine so geschickt wie Felicity.

»Wissen Sie, Schwestern«, beginnt Felicity, »unser Nähraum gilt als eine Brutstätte des Aufruhrs.«

Die anderen Nonnen, insgesamt achtzehn, murmeln feierlich. Felicity gestattet kein Lachen. In der Regel steht geschrieben, daß Lachen unschicklich ist. »Was sind die Werkzeuge guter Arbeiten?« fragt die Regel, und eine der Antworten lautet: »Nichts zu sagen, was müßig ist oder Lachen verursacht.« Von allen Geboten der Regel hält Felicity dieses für am wenigsten überholt, am meisten den Forderungen unserer Zeit angemessen.

»An Liebe«, sagt Felicity leise, während die kleinen Finger unermüdlich am Seidenstich arbeiten, »mangelt es in unserer Kongregation. Wir leben im Wohlstand. Uns geht es gut. Wir sind materialistisch. Möge Gott unserer seligen Mutter Hildegarde gnädig sein.«

»Amen«, sagen die anderen achtzehn, und die Hochsommersonne fällt durch die Fensterscheiben und tanzt auf den Fingerhüten.

»Zuweilen«, fährt Felicity fort, »denke ich, wir sollten uns mehr den Lehren des heiligen Franz von Assisi zuwenden, der die völlige Besitzlosigkeit und Liebe begriffen hat.«

Eine ihrer Nonnen, eine gewisse Schwester Bathildis, entgegnet, den Blick noch auf ihre wundervolle Stickerei geheftet: »Aber Schwester Alexandra hält nicht viel vom heiligen Franz von Assisi.«

»Alexandra hat wörtlich gesagt: ›Zum Teufel mit dem heiligen Franz von Assisi. Ich ziehe Sextus Propertius vor, der ebenfalls aus Assisi stammt, ein Zeitgenosse Jesu und geistiger Vorläufer von Hamlet, Werther, Rousseau und Kierkegaard.‹ Nach Alexandras Meinung sind diese Burschen weit interessantere Neurotiker als der heilige Franz. Haben Sie jemals diese Namen oder von einer entsprechenden Lehre gehört?«

»Nie«, murmeln die Nonnen wie aus einem Mund und legen ihre Arbeit in den Schoß, um sich leichter bekreuzigen zu können.

»Liebe«, doziert Felicity, als sie alle wieder die Arbeit zur Hand nehmen, »und Lieben sind außerordentlich befreiende Erfahrungen, außerordentlich. Wenn ich die Äbtissin von Crewe wäre, hätten wir ein Liebes-Kloster. Ich würde dieses verruchte Elektroniklabor abschaffen und mitten in diesem Kloster, im Herzen Englands, ein Liebesnest einrichten.« Ihre geschäftigen Fingerchen führen die winzige Nadel geschwind hinein in den Stoff und wieder heraus.

»Was halten Sie davon?« fragt Alexandra und schaltet den Fernsehmonitor aus, auf dem sie und ihre beiden Vertrauten eben die Szene im Nähraum miterlebt haben, aufgezeichnet auf Video- und Tonband.

»Es ist immer das alte Lied«, antwortet Walburga. »Das hört nicht auf. Immer mehr Schwestern gehen aus eigenem Antrieb zum Sticken, und immer weniger bleiben bei uns. Seit dem Tod der Äbtissin gibt es keine Autorität mehr im Kloster.«

»Das wird sich alles ändern«, sagt Alexandra. »Nach der Wahl.«

»Man könnte es jetzt ändern«, sagt Mildred. »Walburga ist Priorin und im Besitz der Autorität.«

»Ich werde mich hüten, Felicity mit ihrer Eskapade von heute nacht und heute vormittag zu konfrontieren. Ich habe es mir anders überlegt, und ich halte es für besser, die Nonnen nicht daran zu hindern, sich der Nähfraktion anzuschließen. Es könnte Felicity provozieren, eine Rebellion anzuzetteln.«

»Oh, glauben Sie, Schwester Walburga, die Abtrünnigen könnten entdeckt haben, daß das Kloster mit Wanzen versehen ist?« fragt Mildred.

»Im Leben nicht«, bemerkt Alexandra. »Die Nonnen im Labor sind viel zu dumm, als daß sie etwas anderes könnten, als Drähte zu verbinden und Schrauben festzuziehen. Sie haben überhaupt keine Ahnung, was es mit ihrer Arbeit auf sich hat.«

Sie sitzen an dem kahlen Metalltisch im privaten Kontrollraum, der neben dem Empfangszimmer der verstorbenen Äbtissin kurz vor deren Tod eingerichtet wurde. Das Empfangszimmer ist noch wie zu Hildegardes Zeiten, doch in wenigen Wochen wird es nach Alexandras Geschmack verändert werden. Denn mit Sicherheit wird Alexandra Äbtissin von Crewe. Doch ebenso sicher ist dies im Augenblick durch Felicitys blendende Kampagne in Frage gestellt worden.

»Sie langweilt sich«, sagt die zur Äbtissin Auserwählte. »Das ist es. Sie bietet den Nonnen zeitweilig verderbte Ablenkung, und danach werden sie sie so langweilig finden, wie sie tatsächlich ist.«

»Gertrude«, spricht Alexandra in das grüne Telefon. »Meine liebe Gertrude, kehren Sie zur Wahl nicht in Ihr Kloster zurück?«

»Unmöglich«, entgegnet Gertrude. Sie ist über die neue grüne Leitung in der Hauptstadt angerufen worden, die sich der auf keiner Karte verzeichneten Stelle in den Anden am nächsten befindet, wo sie jüngst ihr Lager aufgeschlagen hat. »Ich bin bei meinen Verhandlungen zwischen dem Kannibalenstamm und dieser Vegetariersekte jenseits der Berge gerade an einem äußerst heiklen Punkt angelangt.«

»Aber Gertrude, wir haben eine Menge Ärger mit Felicity. Die Existenz des Klosters von Crewe steht auf dem Spiel, Gertrude.«

»Die Rettung der Seelen geht vor«, sagt Gertrude mit heiserer Stimme. »Die Kannibalen müssen mit diätetischen Konzessionen bekehrt werden, und der übertriebene Eifer der vegetarischen Ketzer ist einzudämmen.«

»Was mir so sehr zu denken gibt, Gertrude, meine Liebe, ist die Frage, wie es den Kannibalen am Tag des Jüngsten Gerichts ergehen wird«, schwätzt Alexandra weiter. »Erinnern Sie sich an den hübschen kleinen Vers aus unserer Kindheit, Gertrude:

Es ist seltsam fürwahr,
Wer sah so was je,
Denn was Fräulein T. auch ißt
Wird zu Fräulein T. . .

Und mir scheint, Gertrude, daß Sie mit diesen Kannibalen am Jüngsten Tag, wenn die Posaune erschallt, Schwierigkeiten haben werden. Die Frage ist, welcher Mensch bei der Auferstehung auferstehen wird, denn sicher sind jene, die verspeist wurden, im Laufe der Generationen schon längst zu Konsumenten geworden. Es ist ein Problem, Gertrude, mein sehr kluger Engel, das mir die Mittagsruhe raubt, und ich bitte Sie inständig, sich auf diesem Gebiet nicht unnötig zu engagieren. Sie sollten sofort nach Crewe zurückkehren und uns in der Zeit unserer Not helfen.«

Etwas knackt in der Leitung. »Gertrude, sind Sie da?«

Wieder knackt es, dann kommt Gertrudes Stimme: »Verzeihung, ich habe das alles nicht gehört. Ich habe mir den Schnürsenkel zugebunden.«

»Sie sollten hier sein, Gertrude. Die Nonnen fangen an zu tuscheln, daß Sie uns meiden. Felicity sagt, wenn sie zur Äbtissin von Crewe gewählt wird, verlangt sie Offenlegung aller Mitgiften, und sie macht sich zur Fürsprecherin für unziemlichen Geschlechtsverkehr. Vor allem hat sie im Haus zur Rebellion aufgerufen, und das ist unmoralisch.«

»Wogegen richtet sich ihre Rebellion?«

»Gegen meine Tyrannei. Was halten Sie davon?«

»Hat die Rebellion möglicherweise Erfolg?«

»Wenn wir es verhindern können, nicht. Aber Felicity hat eine Chance. Ihre Gefolgschaft vergrößert sich stündlich.«

»Wenn sie eine Erfolgschance hat, dann ist die Rebellion nicht unmoralisch. Aufstand gegen einen Tyrannen ist nur unmoralisch, wenn er keine Chance hat.«

»Das klingt sehr zynisch, Gertrude. Ausgesprochen machiavellistisch. Finden Sie es nicht etwas gewagt, sich so weit festzulegen?«

»Es ist die Lehre des heiligen Thomas von Aquino.«

»Können Sie zur Wahl hier sein, Gertrude? Wir müssen Sie unbedingt um Rat fragen.«

»Befragen Sie Machiavelli. Ein großer Meister, aber zitieren Sie mich nicht in diesem Zusammenhang; der Name tut nichts zur Sache.«

»Gertrude, vergessen Sie nicht, daß

Zierlich und heiter
Und nett wie nur je,
Was Fräulein T. auch ißt
Wird zu Fräulein T.«

Aber Gertrude hat aufgelegt.

»Wird sie heimkehren?« will Walburga wissen, als Alexandra vom Telefon kommt.

»Ich bezweifle es. Sie hat großen Erfolg bei den Kannibalen und hat, wie man auf dem Foto im heutigen *Daily Mirror* sehen kann, den Friedenskuß erteilt. Indessen haben sich die Vegetarierstämme verpflichtet, die Kannibalen auszurotten, falls diese den Wunsch verspüren sollten, Gertrude zu rösten.«

»Sie bekommt Ärger mit Rom«, gibt Mildred zu bedenken, »wenn sie zu lange dem Kloster fernbleibt. Gemäß dem Gelübde unseres Klosters dauert eine Mission gewisse Zeit und nicht länger.«

»Gertrude fürchtet weder Papst noch Mensch«, sagt Alexandra. »Rufen Sie Schwester Winifrede über Sprechfunk. Bestellen Sie Winifrede ins Empfangszimmer der Äbtissin.« Sie geht voran ins Empfangszimmer, das noch im Stil der verstorbenen Hildegarde eingerichtet ist und deren Vorliebe für herbstliche Farben verrät. Der Teppich ist laubgemustert, und die Tapete zeigt ein verblichenes Glühen von Braun- und Goldtönen. Die drei Nonnen lehnen sich in den grünlichbraunen

Plüschsesseln zurück, während Winifrede gerufen wird und – eben aus einem Nickerchen aufgeschreckt – unverzüglich vor ihnen erscheint.

Alexandra, die binnen kurzem in Weiß gekleidet sein wird, holt einen Schlüsselbund aus ihrer schwarzen Tasche. »Winifrede«, sagt sie und deutet auf einen der Schlüssel, »das ist der Schlüssel zur Geheimbibliothek. Schließen Sie auf und bringen Sie mir Machiavellis *Buch von der Kriegskunst*.« Dann sucht Alexandra nach einem anderen Schlüssel. »Und wenn Sie einmal dabei sind, gehen Sie in meine Zelle und öffnen Sie meinen verschließbaren Schrank. Sie finden darin ein Glas mit Pastete, ein paar feine kleine Kekse und eine Flasche von meinem 59er *Le Corton*. Machen Sie ein Tablett für vier Personen zurecht und bringen Sie es mit dem Buch hierher.«

»Alexandra«, quengelt Winifrede, »wollen wir nicht eine Küchenschwester das Tablett herrichten lassen?«

»Auf keinen Fall. Tun Sie es selbst. Sie kriegen auch etwas davon ab.«

»Die Küchenschwestern sind so häßlich«, sagt Mildred.

»Und so gewöhnliche kleine Luder«, ergänzt Walburga.

»Sehr wahr«, sagt Winifrede liebenswürdig und geht, ihre Aufträge auszuführen.

»Winifrede ist nützlich«, sagt Alexandra.

»Winifrede können wir immer benutzen«, variiert Mildred.

»Sehr zuverlässig«, meint Walburga. »Sie wird sich als nützlich erweisen, wenn es mit Felicity wirklich hart auf hart kommt.«

»Das müssen natürlich Sie beide entscheiden. Als sehr wahrscheinliche Kandidatin für das Amt der Äbtissin von Crewe kann ich einfach nicht persönlich bei dem mitwirken, was Ihnen vorschwebt.«

»Mir schwebt wirklich nichts vor«, sagt Mildred.

»Mir auch nicht«, bestätigt Walburga. »Noch nicht.«

»Es fällt Ihnen noch ein. Ich sehe keinen Grund, warum ich nicht beginnen sollte, Anordnungen zur Umgestaltung dieses Zimmers zu treffen. In Grün, finde ich. Ich habe eine Vorliebe für Grün. Eine Idee, wie man gegen Felicity vorgehen könnte, denke ich mir, wird Ihnen sehr bald kommen, morgen oder übermorgen, zwischen Matutin und Laudes, oder Laudes und Prim, oder Prim und Terz, oder auch vielleicht zwischen Terz und Sext, Sext und Non, Non und Vesper oder Vesper und Komplet.« Winifrede kommt zurück, groß und attraktiv wie ein transvestierter Butler, und trägt ein Tablett mit dem verstohlenen Imbiß für vier. Sie stellt es auf den Tisch, sucht in ihrer Tasche und holt ein Buch und Alexandras Schlüssel heraus, die sie wieder übergibt.

Sie sitzen am Tisch, und der Wein wird eingeschenkt. »Soll ich das Tischgebet sprechen?« fragt die hübsche, rundäugige Winifrede, obgleich die anderen bereits angefangen haben, die perlmuttbesetzten Messer geziert in die Pastete zu graben. »Ach, das ist nicht nötig«, bestimmt Alexandra und streicht sich Pastete auf den dünnen Keks, »an *meinen* Speisen ist nichts Unrechtes.«

Winifrede beugt sich mit weit aufgerissenen Augen vor und vertraut ihnen an: »Ich habe heute morgen den Abzug des Telefotos von Felicity und Thomas gesehen.«

»Ich auch«, sagt Walburga. »Ich verstehe diese Freiluftapostel nicht, wo doch die traditionelle Wäschekammer soviel besser temperiert und gemütlicher ist.«

»Ich habe einen Blick auf das Negativ geworfen«, sagt Alexandra. »Seitdem ist meine Seele unrein. Sehr unpassend. Nur schöne Menschen sollten sich der Liebe hingeben, wenn man sie möglicherweise dabei fotografiert.«

»Die Doppelklöster aus alter Zeit waren so diskret und so gut organisiert«, sagt Mildred voller Sehnsucht.

»Ich beabsichtige, dieses System wieder einzuführen. Wenn ich einige Jahre Äbtissin von Crewe bin, werde ich dafür sorgen, daß jede Nonne ihren eigenen Kaplan hat, wie zu Zeiten meines Ahnherrn, des heiligen Gilbert, des Rektors von Sempringham. Jede Nonne wird ihren Jesuiten haben. Die Laienbrüder, die wie im elften Jahrhundert die Stelle von Arbeitsnonnen einnehmen, werden Zisterzienser sein, das heißt, zum Schweigen verpflichtet. Und nun bitte, Walburga, wollen wir aus dem *Buch von der Kriegskunst* lesen, denn die Zeit rückt vor, und die Augenblicke sind gezählt.«

Alexandra schiebt elegant ihren Teller beiseite und lehnt sich im Sessel zurück, legt einen Ellbogen auf die Lehne und setzt sich so, daß sie die Seiten des vor ihr auf dem Tisch liegenden Buches bequem umblättern kann. Die weißen Hauben treffen zu einem Zelt der Konzentration zusammen, Alexandras Finger folgen den Abschnitten, die wichtig sind.

»Es steht geschrieben«, sagt sie, und ihr schöner Zeigefinger liegt auf dem Buchrand, als sie liest:

> *Nachdem du viele um Rat gefragt hast, was du tun solltest, berate dich mit wenigen über das, was du tatsächlich zu tun entschlossen bist.*

Die Glocke läutet zur Matutin, Alexandra klappt das Buch zu. Walburga geht voran, während Alexandra sie ermahnt: »Schwestern, seien Sie wachsam, seien Sie nüchtern. Unser Kloster ist in Gefahr, und wir müssen Gott den Allmächtigen um Kraft bitten.«

»Mehr können wir nicht tun«, sagt Mildred.

»Weniger zu tun wäre schlecht«, sagt Walburga.

»Wir sind schlecht von Natur durch den Sündenfall. Wie hat der heilige Augustin doch so richtig ausgerufen: ›O glücklicher Fehltritt, der solchen Erlöser verdient! *O felix culpa!*‹«

»Amen«, respondieren die drei Gefährtinnen.

Sie schicken sich an, die Treppe hinabzusteigen. »O glückliche Schuld!« ruft Alexandra.

Felicity wartet schon mit ihren versammelten Anhängern und den anonymen Reihen dunkler Nonnen, als die drei graziös herabkommen, Walburga vornweg, jede von ihnen ausgesprochen edel und gut gebaut. Sie nehmen die Umhänge und gehen einzeln über den mitternächtlichen Pfad zur Kapelle.

Felicity tritt verstohlen beiseite und wartet in der Dunkelheit mit gerafftem Umhang, bis die Kongregation die Kapelle betreten hat. Dann, als die Stimmen im Auf und Ab des Gesangs erschallen, gleitet sie über den Rasen zum Haus zurück, wie ein Wasservogel über einen Weiher. Schon ist Felicity die große Treppe hinauf, im Empfangszimmer der Äbtissin, und knipst das Licht an. Sie betrachtet die Reste des kleinen Schmauses; sie spuckt darauf wie eine wütende Zigeunerbettlerin, faucht wie eine Katze, als sie den vertanen Luxus entdeckt. Aber bald besinnt sie sich auf ihr Vorhaben, huscht durch die Tür und macht sich an dem grünen Telefon zu schaffen.

Nachdem es lange geklingelt hat, nimmt jemand ab.

»Gertrude!« sagt sie. »Sind Sie es wirklich?«

»Ich wollte eben abreisen«, sagt Gertrude. »Der Hubschrauber wartet.«

»Gertrude, Sie leisten so Wunderbares. Wir haben erfahren ...«

»Ist das alles, was Sie sagen wollten?«

»Gertrude, dieses Kloster ist eine Brutstätte von Korruption und Heuchelei. Ich habe vor, alles zu ändern, und eine Menge Nonnen sind meiner Meinung. Wir wollen uns befreien. Wir verlangen Gerechtigkeit.«

»Schwester, seien Sie ruhig, seien Sie nüchtern. Gerechtigkeit darf geübt werden, aber keinesfalls sollte man sehen, wie es geschieht. Es ist immer ein gefährliches Unterfangen. Sie werden das ganze Kloster ins Verderben stürzen.«

»O Gertrude, wir glauben an Liebe in Freiheit und Freiheit in der Liebe.«

»Das läßt sich einrichten.«

»Aber in mein Leben ist jetzt ein Mann getreten, Gertrude. Was kann eine arme Nonne mit einem Mann anfangen?«

»Wie üblich, man muß einen Mann oben und unten befriedigen. Sie müssen kochen lernen und das andere auch.« Dann ertönt ein raubtierartiges Gebrüll.

»Was ist los, Gertrude?«

»Der Hubschrauber«, antwortet sie und legt auf.

»Lesen Sie es ihnen laut vor«, befiehlt Alexandra. Es ist wieder einmal Mittagszeit. »Niemand soll sagen können, wir hätten unsere Absichten verborgen. Unsere Nonnen sind zu verwirrt, es zu begreifen, und die Anhänger Felicitys sind von ihrem sentimentalen Jesustum angekränkelt. Lesen Sie es laut. Wenn sie Ohren haben zu hören, sollen sie es hören.« Die Küchenschwestern schweben mit den Tabletts durch die Gänge zwischen den Refektoriumstischen und verteilen Nesselpüree und Kartoffelbrei.

Winifrede steht am Lesepult. Sie beginnt zu lesen und kündigt an Ecclesiasticus, Kapitel 34, Vers I:

> *Leere und trügerische Hoffnungen hat ein unverständiger Mensch, denn Träume setzen nur Toren in Erregung. Wie einer, der nach dem Schatten greift und den Wind zu haschen versucht, so ist einer, der sich auf Träume verläßt. Verwandt sind Spiegel und Träume, das Bild eines Gesichtes erscheint dem Gesicht selbst gegenüber. Wie ist von einem Un-*

reinen Reines zu erwarten und wie von der Lüge Wahrheit? Wahrsagung, Zeichendeuterei und Träume sind nichtig, Einbildungen einer gebärenden Frau. Wenn sie nicht vom Höchsten zur Heimsuchung gesandt sind, so schenke ihnen keinerlei Beachtung. Die Träume haben schon viele in die Irre geführt, so daß sie strauchelten auf ihrem Wege. Ohne Trug wird das Gesetz in Erfüllung gehen, und die Weisheit in einem zuverlässigen Munde ist vollkommen.

Winifrede hält inne, um zum nächsten Abschnitt umzublättern, der mit einem im Nähzimmer kunstvoll bestickten Lesezeichen markiert ist. Ihr Blick schweift flüchtig durch den ganzen Saal, wo die Küchenschwestern Wasserkrüge durch die Gänge tragen und Wasser, das zur Aufmunterung erwärmt wurde, in die Becher der Nonnen gießen. Die Gabeln heben sich zu den Gesichtern, und die Münder öffnen sich, die Nahrung zu empfangen. Hier sind alle Nonnen des Klosters versammelt, mit Ausnahme der Küchenschwestern und der Novizinnen, die nicht zählen, und der älteren Schwestern, die allerdings zählen. Eine weniger erbauliche Ansammlung menschlicher Wesen ist schwerlich zu finden; entweder sind sie so geworden, oder sie waren immer so; auf alle Fälle sind sie in der Tat ein sehr bedauernswertes Häuflein, um so mehr, als sie selber sich nicht einen Augenblick lang so sehen. Hoch schnellen die Gabeln, auf tun sich die Münder, hinein rutschen die Brennesseln und der Kartoffelbrei. Sie heben zu den häßlichen, schmalen Lippen die dampfenden Becher mit Wasser und trinken, als bildeten sie sich ein, sie nähmen zu sich den warmen Extrakt der menschlichen Erfahrung, wären reif für Felicitys Befreiungsaktion. Jedenfalls liest die gute Winifrede weiter und kündigt an Prediger, Kapitel 9, Vers II: »Schwestern, hören Sie wieder die weisen Bekenntnisse Salomos:

> *Weiter sah ich unter der Sonne: Nicht die Schnellen gewinnen den Lauf, noch die Helden den Kampf, so erlangen auch nicht die Weisen das Brot, auch nicht die Einsichtigen den Reichtum, auch nicht die Wissenden die Gunst; vielmehr ereilen die Zeit und das Schicksal sie alle.«*

Das Küchenpersonal gleitet jetzt an den Tischen entlang, nimmt die leeren Teller weg und ersetzt sie durch Untertassen mit gesundem, sättigendem Pudding, über den sich viele Wesen, würdiger als die Nonnen, freuen würden. Winifrede nimmt ein Schlückchen von ihrem Wasser, das kalt ist, stellt das Glas ab und senkt den Blick auf das nächste Buch, das Abschnitt für Abschnitt mit den kunstvollen Lesezeichen versehen ist, und vertauscht es mit der Bibel auf dem Lesepult. Gehorsam entfernt sie einen Zettel von der Innenseite des Schutzumschlags und liest ihn, in dieser Gesellschaft beinahe intelligent wirkend, mit ihrer ewig wehklagenden Stimme laut vor: »Weitere Worte der Weisheit von einem Anhänger unseres Glaubens:

> *Hast du irgend jemand in deiner Armee in Verdacht, daß er deine Feinde von deinen Plänen in Kenntnis setzt, kannst du nichts Besseres tun, als dich seines Verrates zu bedienen, indem du ihm scheinbar einen geheimen Entschluß anvertraust, den du auszuführen beabsichtigst, dabei aber deinen wahren Plan verbirgst; dadurch entdeckst du vielleicht den Verräter und verleitest die Feinde zu einem Irrtum, der unter Umständen in ihrer Vernichtung enden kann ...*
>
> *Um in die geheimen Absichten eines Feindes einzudringen und seine Beschaffenheit zu ergründen, haben manche ihren Botschafter gesandt mit geschickten und erfahrenen Offizieren in ihrem Gefolge, die wie die übrigen Begleiter gekleidet waren ...*
>
> *Was persönliche Zwistigkeiten unter deinen Soldaten betrifft, so besteht das einzige Heilmittel darin, sie irgendeiner Gefahr aus-*

zusetzen, da in solchen Fällen die Angst sie im allgemeinen versöhnt…

Hiermit ist die Lesung beendet«, sagt Winifrede und schaut blöde auf die noch blöderen Versammelten, die Worte sind bei ihnen zum einen Ohr hinein- und zum anderen herausgegangen. Die Mahlzeit ist beendet, die Nonnen haben die Hände gefaltet.

»Amen«, sagen sie.

»Schwestern, wachet, seid nüchtern.«

»Amen.«

Alexandra sitzt im unteren Empfangszimmer, wo im allgemeinen Besucher empfangen werden. Sie hat die *Discorsi* von Machiavelli beiseite gelegt, in denen sie las, während sie auf die beiden befreundeten Geistlichen wartete; diese werden jetzt, begleitet von Mildred und Walburga, hereingeführt.

Die wundervolle Alexandra erhebt sich und bleibt ruhig und unbewegt stehen, während sie näher treten. Walburga bittet die Anwesenden kraft ihres Amtes als Priorin, Platz zu nehmen.

»Patres«, beginnt Walburga, »unsere Schwester Alexandra möchte sprechen.«

Draußen ist Sommer, und einige der altmodischen Kletterrosen, die sich am Klostergemäuer hochranken, schauen ins Fenster auf die Szene, in der Alexandra sitzt, einen Arm auf den Tisch gestützt, den Kopf nachdenklich geneigt. Die reservierte englische Sonne läßt Schattenblätter auf den polierten Tisch und den Fußboden fallen. Eine lästige Biene brummt am Fenster. Im Zimmer ist es kühl und frisch. Draußen sieht man eine Arbeitsschwester, die sich mit zwei Eimern abschleppt, von denen vermutlich einer überflüssig ist; und alles ist im Einklang mit der Jahreszeit.

Walburga sitzt abseits, lächelt geselligkeitshalber leicht und hat ein Auge auf die Tür gerichtet, durch die bald das Tablett mit dem Nachmittagstee hereinkommen wird, der in jeder köstlichen Einzelheit so arrangiert ist, daß die Nonne, die ihn bringt, hinstellt und wieder geht, noch unscheinbarer wirkt als vorher.

Die beiden Männer nehmen dankend den Tee sowie Teller und kleine spitzengesäumte Servietten aus dem Nähzimmer, die Mildred ihnen bringt. Sie wählen von den Sandwiches mit Kresse, dem goldenen Gebäck und den pastellfarbenen *Petits fours*. Beide Männer haben graues Haar und befinden sich etwa im gleichen mittleren Alter wie die drei Nonnen. Alexandra lehnt den Tee ab, indem sie sich aus der Hüfte heraus sittsam verneigt. Diese Jesuiten sind ihre Freunde. Pater Baudouin ist groß, übergewichtig, und sein Gesicht verrät hohen Blutdruck; sein Begleiter, Pater Maximilian, sieht besser aus, mit klassischen Zügen und ernst. Sie beobachten Alexandra aufmerksam, als ihre Worte den silbrigen Klang der Teelöffel begleiten.

»Patres, es gibt riesige Bevölkerungsgruppen in der Welt, die durch Hunger, Unterernährung und Krankheit sterben oder dem Tod verfallen sind; die Menschen führen weiterhin Krieg und hören nicht auf damit, sondern ziehen es eher noch vor, ihre Kinder in die Schlacht zu schicken, wo sie verstümmelt werden oder sterben; politische Fanatiker üben wahllos Terror aus; tyrannische Staaten werden vernichtet, nur um durch schlimmere Tyrannei ersetzt zu werden; das Menschengeschlecht ist von einer weltweiten Geisteskrankheit ergriffen; und gerade in solchem Augenblick, Patres, ist Ihr Mitbruder Thomas darauf verfallen, unsere Schwester Felicity nachts unter den Pappeln zu bumsen, so daß ihr Sinn nur noch darauf gerichtet ist, unsere Nonnen dazu zu bewegen, ihrem Beispiel im Namen der Freiheit zu folgen. Sie glaubten Freiheit zu besitzen, bis Felicity ihnen das Gegenteil sagte. Und nun trachtet sie nach dem Krummstab der Äbtissin von Crewe. Patres, ich schlage vor, daß Sie diesen Skandal und was Sie dagegen zu tun gedenken mit meinen beiden Schwestern besprechen, denn das geht über meinen Horizont und ist unter meiner Würde.«

Alexandra erhebt sich und geht zur Tür, in ihren Bewegungen wie ein Maharadscha auf seinem Elefanten. Die Jesuiten scheinen bekümmert.

»Schwester Alexandra«, sagt Baudouin, der Größere der beiden, als er ihr die Tür öffnet, »Sie wissen, wir können im Fall Thomas sehr wenig tun...«

»Dann tun Sie das sehr Wenige.« Ihre Stimme deutet an, daß ihre Geduld schwindet wie die Schatten der Pappeln in der Mittagsglut.

Pater Baudouin und Pater Maximilian werden bis spät in die Nacht sitzen bleiben und mit Mildred und Walburga beraten.

»Mildred«, sagt der gutaussehende Maximilian, »ich weiß, daß auf Ihre Strenge gegenüber den Schwestern Verlaß ist.«

Daß Mildred, die Novizenmeisterin, in bewährter Weise streng mit den jüngeren Schwestern verfährt, ist der einzige Grund, weshalb sie in solch hohem Maß Alexandras Vertrauen genießt. Zuweilen wallt leise Schüchternheit in ihr auf und macht sie unsicher, wenn sie sich in einem kleinen Kreis Gleichgestellter befindet. Auch jetzt, da Maximilian sich mit vertraulichem Lächeln an sie wendet, bebt sie.

Baudouin blickt von Mildreds herzförmigem, weißem Gesicht auf das energische, dunkle Walburgas, zwei Bildnisse in passenden weißen Rahmen. »Schwestern«, sagt Baudouin, »Felicity darf nicht Äbtissin von Crewe werden.«

»Es muß Alexandra sein«, sagt Walburga.

»Es wird Alexandra sein«, sagt Mildred.

»Dann müssen wir eine Strategie für den Angriff auf Felicity ausarbeiten.«

»Wir könnten gut mit Felicity fertig werden«, sagt Walburga, »wenn Sie Thomas übernehmen.«

»Die beiden sind eins.« Maximilian lächelt Mildred sehnsüchtig an.

Die Glocke läutet zur Vesper. Walburga starrt geradeaus. »Wir müssen die Vesper versäumen.«

»Wir werden alle Andachten versäumen, bis wir einen Plan fertig haben«, sagt Mildred entschieden.

»Und Alexandra?« fragt Baudouin. »Kommt Alexandra nicht wieder? Wir sollten Alexandra fragen.«

»Ganz gewiß nicht, Patres«, sagt Walburga. »Sie kommt nicht zurück, und wir können sie nicht fragen. Es wäre entehrend ...«

»Im Hinblick darauf, daß sie wahrscheinlich Äbtissin wird«, fügt Mildred erklärend hinzu.

»Im Hinblick darauf, daß sie Äbtissin wird«, verbessert Walburga.

»Also, ich habe den Eindruck, daß Ihr beiden Mädchen recht aktiv im Wahlkampf seid«, stellt Baudouin fest und sieht sich voller Unbehagen im Zimmer um, als fehle es an frischer Luft.

»Baudouin«, ruft Maximilian aus. Die Nonnen senken beleidigt den Blick auf die leeren Hände im Schoß.

Nach geraumer Weile spricht Mildred. »Wir dürfen keine Stimme werben. Es ist gegen die Regel.«

»Verstehe, verstehe«, sagt der große Baudouin geduldig.

Sie reden, bis die Vesper vorbei ist und die schwarze Gestalt hereinkommt, um das Teetablett hinauszutragen. Immer noch reden sie, und Mildred bestellt das Abendessen. Den Priestern wird die Besuchertoilette gezeigt, und Mildred zieht sich mit Walburga in die oberen Waschräume zurück, wo sie kurz ihrer Zufriedenheit Ausdruck geben. Es geht gut, und es geht voran.

Die vier treffen sich abermals und konspirieren bei einem guten Abendessen mit Wein. Die Glocke läutet zur Komplet – sie reden weiter.

Im oberen Stockwerk, im entfernten Kontrollraum, laufen – ausgelöst durch die Stimmen – die Aufnahmegeräte. An so vielen anderen Stellen dieser Institution haben die Wände Ohren, daß weder Mildred noch Walburga sich ihrer jetzt so bewußt sind wie am Anfang, als die Apparate eingebaut wurden. Es ist, als würde einem, obwohl man es die ganze Zeit weiß, erzählt, daß das Auge Gottes auf uns ruht; es bedeutet alles und folglich nichts. Die beiden Nonnen sprechen so freimütig wie die Jesuiten, die keinen gefährlicheren Mithörer als Gott bei dieser Verschwörung vermuten.

Der Gesang der Komplet weht lieblich aus der Kapelle herüber, wo Alexandra im Chorstuhl steht, Felicity fast genau gegenüber. Walburgas Platz ist leer, Mildreds Platz ist leer. Auf dem Stuhl der Äbtissin noch nicht ganz Leere, aber doch Hildegardes Abwesenheit.

Die Stimmen plätschern dahin wie ein Bächlein:

Höre mein Rufen, o Gott,
Merke auf mein Gebet.
Ich rufe zu dir vom Ende der Erde,
Da mir verschmachtet das Herz.
Führe mich auf den Felsen,
Der für mich zu hoch ist;
Meine Zuflucht bist du,
Ein starker Turm vor dem Feind.

Und Alexandras Augen sind traurig, ihre Lippen rezitieren:

Denn ich trage Verlangen nach gleicher
Sinnesart,
und Durchschnittsmenschen berühren mich
nicht.
Und ich trage Verlangen nach gleicher
Sinnesart ...

Winifrede, die Mildreds Amt übernimmt, intoniert im richtigen Kirchenton die kurze Lektion zu Felicitys klaren Responsorien:

Schwestern, seid nüchtern und wachet: Euer Widersacher, der Teufel, streift umher wie ein brüllender Löwe und sucht, wen er verschlinge. Ihm widersteht ...

»Wahrlich, ich sehne mich nach Verwandten im Geist«; sanft fließen die Verse, die Alexandra so liebt:

Nun denn, so rufen die Strudel im Dunst
meiner Seele,
Sie, die sich mir nahen mit dem Zauber der
Zeiten.
Doch trotzdem trag ich Verlangen nach
gleicher Gesinnung ...

Drittes Kapitel

Felicitys Nähkasten wird bloß deshalb als der ihre bezeichnet, weil sie ihn als Teil ihrer Mitgift ins Kloster mitgebracht hat. Es ist kein gewöhnlicher Kasten, sondern er steht auf fein gearbeiteten, sich verjüngenden Beinen mit Rollen und ist fünfundsiebzig Zentimeter hoch. Ihn ziert eine Intarsienarbeit aus Perlmutt, und innen liegen drei Reihen Fächer übereinander, ein jedes ordentlich bestückt mit Nadeln, Scheren, Baumwollgarn und Seide. Darunter befindet sich ein doppelter Boden, der mit rotem Moiré ausgekleidet ist – für Liebesbriefe. Manches Mal hat Alexandra vor diesem Nähkasten gestanden und ihn mit typisch aristokratischer Verwunderung über die gehüteten Schätze der Bourgeoisie betrachtet. »Ich kann mir nicht vorstellen, welche mildernden Umstände man für diesen Kasten überhaupt geltend machen kann«, sagte sie eines Tages zu Äbtissin Hildegarde, die den Nähraum inspizierte. Hildegarde antwortete nicht, doch sobald sie das Zimmer verlassen hatte, sagte sie: »Er verrät abscheulichen Geschmack, aber unser Gelübde verpflichtet uns, Peinlichkeiten auf uns zu nehmen. Und bei uns ist alles verborgen. Niemand außer uns kann beurteilen, was schön ist und was nicht.«

Hildegardes dunkle Augen, nun im Tod geschlossen, starrten Alexandra an. »Selbst unsere Schönheit könnte übersehen werden.«

»Was sollten wir uns um unsere Schönheit sorgen, Sie und ich, da wir schön sind, egal, ob wir uns sorgen oder nicht?«

Indessen betrachtete Felicity gekränkt ihren Nähkasten und öffnete ihn, um nachzusehen, ob alles in Ordnung sei. Das tut sie jeden Morgen, und jetzt, nach dem Offizium der Prim, streicht sie aus Gewohnheit noch einmal über den kunstvoll gearbeiteten Deckel, während die gewöhnlichen Schwestern, von Standes wegen verachtenswert, in das Nähzimmer schreiten und ihre Plätze einnehmen.

Felicity öffnet den Nähkasten. Sie prüft die makellosen Fächer, die Rollen und Docken, die Nadeln und kleinen Haken. Plötzlich stößt sie einen kurzen Schrei aus und fragt, indem sie, das kleine Gesicht übelgelaunt, alle im Zimmer anblickt: »Wer ist an meinem Nähkasten gewesen?«

Keine Antwort. Die Nonnen sind völlig unvorbereitet auf einen Wutausbruch. Der Tag der Wahl ist nicht fern. Die Nonnen sind voller Erwartung gekommen, um Felicitys Enthüllung über ein sinnvolles Liebesleben zu hören, wie es am Rande des langen, pappelgesäumten Weges geführt werden sollte.

Felicity spricht jetzt mit leiser, gepreßter

Stimme. »Mein Nähkasten ist durcheinandergebracht. Mein Fingerhut ist weg.« Langsam hebt sie die obere Etage ab und prüft die zweite. »Jemand hat sich daran zu schaffen gemacht.« Sie hebt den unteren Einsatz hoch und schaut hinein. Dann beschließt sie, den Nähkasten auszuräumen, um den Inhalt des Geheimfaches besser untersuchen zu können.

»Schwestern, ich glaube, meine Briefe sind entdeckt worden.«

Es ist, als fege ein Wind übers Wasser, der Vögel und Schilf erzittern läßt. Felicity zählt die Briefe. »Sie sind alle da«, stellt sie fest, »aber sie sind gelesen worden. Mein Fingerhut ist verschwunden. Ich kann ihn nicht finden.«

Alle suchen nach Felicitys Fingerhut. Niemand findet ihn. Die Glocke läutet zur Terz. Der frühe Vormittag war die reinste Vergeudung von Gefühl, und die Nonnen gehen einzeln hinaus zum Gebet und zeigen in ihrer Unzufriedenheit endlich einmal eine Spur von Individualität.

Wie sanft Alexandra ist, als sie von Felicitys Kummer erfährt! »Seien Sie freundlich zu ihr«, rät sie den älteren Schwestern. »Offensichtlich macht sie eine Nervenkrise durch. Ein Fingerhut – nichts als ein Fingerhut. Es sollte mich nicht wundern, wenn sie den lächerlichen Fingerhut in einem kurzen, unbewußten Verlangen, ihre zur fixen Idee gewordene Handarbeit zum Teufel zu schicken und mit ihrem Liebhaber davonzulaufen, selber verlegt hat. Es ist schön, gütig zu denen zu sein, die Leid tragen. Keine Schönheit der Welt ist so groß wie die Schönheit der Tat. Sie besteht, unverrückbar, von Ewigkeit zu Ewigkeit.«

Winifrede begreift zwar dunkel die lautere Wahrheit von Alexandras Worten, ist sich jedoch nicht sicher, aus welchem Grund Alexandra sie gerade jetzt verkündet. Walburga und Mildred stehen in dem besinnlichen Schweigen wortlos da, und Alexandra überläßt sie weiteren Betrachtungen. Denn Alexandra ist es gewiß ernst mit ihren Worten, sie will nicht, daß ihre Seele der heiteren Gelassenheit vor Gott verlustig geht und sie selbst der Bestimmung, Äbtissin von Crewe zu werden. Sehr bald ist die gesamte Klostergemeinde über die Gedanken der edlen Alexandra unterrichtet und wundert sich ein bißchen, daß sie – obwohl die Wahlen so unmittelbar bevorstehen – gegenüber ihrer streitbaren Rivalin zur Güte rät.

Den ganzen nächsten Tag ist Felicity vor Wut am Rande der Raserei. Eine Verschwörung, eine Verschwörung ist im Gange gegen mich – das ist der Tenor all ihrer Worte, die sie mit ihren Nähgefährtinnen wechselt zwischen den Offizien Laudes und Prim, Prim und Terz, Terz und Sext. Am Nachmittag legt sie sich ins Bett, ihre bestürzten Freundinnen suchen nach dem Fingerhut, und all die dabei geäußerten unterschiedlichen Meinungen und Vermutungen werden im Kontrollraum genau registriert.

Gegen Abend erstattet Walburga Alexandra Bericht. »Felicitys Anhänger schwanken. Das widerliche kleine Luder ist unserer Güte nicht gewachsen.«

»Wissen Sie, Walburga«, sagt Alexandra nachdenklich, »von jetzt an dürfen Sie mir solche Dinge nicht mehr erzählen. Alles ist nunmehr in Ihren und Schwester Mildreds Händen. Sie haben die Patres Baudouin und Maximilian, und Sie haben die Unterstützung Winifredes. Ich muß im Reich der Unwissenheit bleiben. Fahren Sie fort, aber sagen Sie mir nichts. Ich lasse mir einfach nichts berichten; solches Wissen würde sich für mich nicht ziemen, ich soll Äbtissin von Crewe werden, kein programmierter Computer.«

Felicity liegt auf ihrem harten Lager, und mit der Mitternachtsglocke erhebt sie sich zur Matutin. Mein Gott, im Nähzimmer bewegt sich ein Licht! Felicity schlüpft aus der Reihe schwarzgekleideter Nonnen, die schweigend zur Kapelle schreiten. Alexandra geht voran. Walburga und Mildred fehlen. Im Nähzimmer ist ein huschendes Licht zu sehen, wie aus einer Taschenlampe.

Die Nonnen sind in der Kapelle versammelt, aber Felicity steht auf dem Rasen, starrt nach oben und schleicht endlich zum Haus zurück und die Treppe hinauf.

So kommt es, daß sie die beiden jungen Männer überrascht, die ihren Nähkasten plündern. Sie haben das Geheimfach entdeckt. Einer der beiden hält Felicitys Liebesbriefe in der Hand. Schreiend macht Felicity kehrt, schließt die Eindringlinge ein, läuft zum Telefon und ruft die Polizei.

Im Kontrollraum sitzen Mildred und Walburga vor dem schwach leuchtenden Monitor. »Kommen Sie schnell«, sagt Walburga zu Mildred, »und folgen Sie mir zur Kapelle. Wir müssen bei der Matutin gesehen werden.« Mildred zittert. Walburga setzt sich entschlossen in Bewegung.

Die Klingel an der Pforte läutet, aber die Nonnen singen unerschütterlich. In der Auffahrt ertönen die Polizeisirenen, denn Felicity hat das Auto hereingelassen, doch die Schwestern setzen ihre Andacht fort:

Ströme hat er gewandelt in Wüste
Und Wasserquellen in dürstendes Land.
Fruchtbares Land in salzige Steppe,
Wegen der Bosheit seiner Bewohner.
Und wieder machte er die Wüste zum See,
Verdorrtes Land zu Quellen voll Wasser.
Den Hungernden wies er dort Sitze an,
Sich zu gründen eine wohnliche Stätte.

Alexandra hört den Lärm draußen.

> *Schwestern, seid nüchtern und wachet; Euer Widersacher, der Teufel, streift umher wie ein brüllender Löwe ...*

Die Nonnen gehen hinauf in das Dormitorium und flüstern ängstlich. Die Köpfe sind demütig gesenkt, aber ihre Blicke sind in der großen Halle nach rechts und links gewandert, wo die Polizisten mit den beiden schlecht gekleideten jungen Männern stehen, die im Kloster ertappt wurden. Felicitys Worte kommen krampfartig keuchend. Sie erzählt ihre Geschichte, und ihre engste Vertraute Bathildis stützt den bebenden Körper. Walburga und Alexandra steuern auf sie zu, und ihre Gewänder rascheln vor lauter Würde. Mildred schickt die Nonnen mit einer Handbewegung nach oben in ihre Zellen, außer Sichtweite. Alexandras Stimme ertönt: »Kommen Sie ins Empfangszimmer, meine Herren. Schwester Felicity, seien Sie vernünftig.«

»Reißen Sie sich zusammen, Felicity«, mahnt Walburga.

Als die letzte Nonne den obersten Treppenabsatz erreicht hat, tritt Winifrede mit sichtbarer Benommenheit aus dem dunklen Schrank im Nähzimmer und geht die Treppe hinunter.

Und so geschieht es, daß die Männer als junge

Jesuiten-Novizen entlarvt werden. Im Empfangszimmer geben sie das zu, und die Polizei macht Notizen.

»Herr Wachtmeister«, sagt Walburga, »ich glaube, wir haben es hier lediglich mit Übermut zu tun.«

»Irgendein Jux«, sagt Alexandra erhaben und unbekümmert. »Wir haben keine Klage gegen sie zu erheben. Wir wollen keinen Skandal.«

»Überlassen Sie das uns«, fährt Walburga fort. »Wir sprechen mit den Jesuitenvätern. Zweifellos werden sie aus ihrem Orden ausgestoßen.«

Schwester Felicity kreischt: »Ich klage an. Sie waren gestern abend hier und haben meinen Fingerhut gestohlen.«

»Wissen Sie, Schwester ...« Der verantwortliche Polizist läßt ein leises Knurren hören.

»Es war Diebstahl«, beharrt Felicity.

»Bei einem Fingerhut, Schwester, kann man nicht von einem Verbrechen sprechen. Vielleicht haben Sie ihn bloß verlegt.« Er schaut nachdenklich in Alexandras Perlmuttgesicht, auf ihre Unterstützung hoffend. Die Polizisten, drei an der Zahl, fühlen sich sehr unbehaglich.

Die junge Bathildis wendet ein: »Es ist nicht nur ihr Fingerhut. Sie wollten einige Dokumente, die Schwester Felicity gehören.«

»In diesem Kloster haben wir kein Privateigentum«, erklärt Walburga. »Ich bin die Priorin, Herr

Wachtmeister. Für mich ist der Fall erledigt, es tut uns leid, daß Sie bemüht worden sind.«

Felicity weint laut und wird von Bathildis, die ordinär hinwirft: »Es war ’ne abgekartete Sache«, aus dem Zimmer geführt.

Damit ist der Fall abgeschlossen; die beiden Jesuiten werden verwarnt, die liebliche Alexandra fleht die Polizei an, die Heiligkeit des Klosterlebens zu respektieren und keinen Skandal zu machen. Ehrerbietig ziehen sich die Polizisten zurück und treten in angemessener Ehrfurcht beiseite, als Walburga, Alexandra und Mildred als erste das Empfangszimmer verlassen.

Vor der Tür steht Winifrede. »Wie stümperhaft!«

»Unsinn«, beeilt sich Walburga zu erwidern. »Unsere guten Freunde hier, die Polizisten, haben nicht gestümpert. Sie haben volles Verständnis.«

»Die jungen Leute heutzutage, meine Damen...«, sagt der ältere Polizist.

Sie verfrachten die beiden jungen Jesuiten in einen Polizeiwagen, um sie in ihr Kolleg zurückzubringen. So leise wie möglich verlassen sie das Kloster.

Lediglich eine kurze Notiz erscheint in einer der Tageszeitungen, und auch dort nur in der ersten Ausgabe. Trotzdem treten Alexandras Vettern, Walburgas Schwestern und Mildreds beträchtliche Verwandtschaft ohne den geringsten Anstoß und sogar ohne sich die Mühe zu machen, die Tatsache anzuzweifeln, auf den Plan, um mit stummem Grimm ihre gekränkten Nonnen zu schützen. Zuerst über das Telefon und dann, sanft und leise, in der Abgeschiedenheit eines Herrenklubs und des nüchternen Salons eines Herrenhauses erheben diese treuen Familien vertraulich und durchschlagend Einspruch gegen die mit »Ausgelassene Jesuiten-Novizen« überschriebene kleine Zeitungsgeschichte. Ein Sprecher der katholischen Geistlichkeit wird aus dem Nichts herbeigezaubert und soll sich dahingehend geäußert haben, die Story sei eine grobe Übertreibung und taktlos, dazu ganz eindeutig von religiösem Vorurteil geprägt. Die liebenswürdigen Nonnen sollten nicht verleumdet werden. Denn sie hätten, so wird betont, schließlich nicht das Recht zu einer Entgegnung – eine unbewiesene Behauptung, die sich als das wirkungsvollste Argument erweist. Jedenfalls löst sich die Geschichte fast in ein Nichts auf, sie ist bloß ein Zeitungsausschnitt, der auf Alexandras kleinem Schreibtisch liegt. »Ausgelassene Jesuiten-Novizen« – ein paar lustige Zeilen über zwei junge Jesuiten, die in das abgeschlossene Kloster Crewe eingedrungen sind und den Fingerhut einer Nonne gestohlen haben. »Es ging um eine Wette«, erklärte Pater Baudouin, zweiter Vorsitzender des Jesuitenkollegs. Er dementierte, daß die Polizei am Tatort war, und erklärte die Angelegenheit für erledigt.

»Warum zum Teufel haben sie ihren Fingerhut mitgenommen?« fragt Alexandra, als Winifrede, Walburga und Mildred anwesend sind.

»Sie sind zweimal eingebrochen«, lamentiert Winifrede monoton. »An dem Abend, bevor sie ertappt wurden, und an dem Abend, als sie ertappt wurden. Beim erstenmal wollten sie sich einen Überblick verschaffen und feststellen, wie leicht sie hereinkommen, und haben den Fingerhut als Beweis dafür mitgenommen, daß sie hier waren. Pater Baudouin und Pater Maximilian waren zufrieden, und darum sind sie am nächsten Abend wegen der Liebesbriefe gekommen. Es war ...«

»Winifrede, genug davon«, befiehlt Walburga. »Alexandra darf die Details nicht wissen. Keine Einzelheiten bitte.«

»Na ja«, sagt Winifrede eigensinnig, »sie hat doch eben gesagt, warum zum Teufel ...«

»Das hat Alexandra nicht gesagt«, droht Walburga.

»Sie hat nichts dergleichen gesagt«, fällt Mildred ein.

Alexandra sitzt lächelnd an ihrem kleinen Schreibtisch.

»Alexandra, ich habe es mit meinen eigenen Ohren gehört. Sie haben nach dem Fingerhut gefragt.«

»Wenn Sie Ihren eigenen Ohren mehr trauen als uns, Winifrede, dann ist es vielleicht an der Zeit, daß wir uns trennen. Möglicherweise sind Sie Ihrer religiösen Berufung verlustig gegangen. Wir alle haben volles Verständnis dafür, wenn Sie sich entschließen, still in die Welt zurückzukehren, vor der Wahl.«

Einen Augenblick lang wird es licht in dem fürchterlichen Dunkel in Winifredes Verstand. »Alexandra, Sie haben mich um keine Erklärung gebeten, und ich habe keine gegeben.«

»Ausgezeichnet. Ich liebe Sie so innig, Winifrede, daß ich Sie fressen möchte, aber leider mag ich keinen Mehlpudding. Würden Sie jetzt bitte gehen und allmählich alle Schwestern zur Räson bringen. Sie flüstern und machen ein Gewese wegen des Vorfalls. Auferlegen Sie Felicity dreitägiges Schweigen. Geben Sie ihr einen neuen Fingerhut und zehn Meter Popeline zum Säumen.«

»Felicity ist mit Thomas im Obstgarten«, berichtet Winifrede.

»Alexandra ist stark erkältet, und ihre Ohren sind in Mitleidenschaft gezogen«, bemerkt Walburga und betrachtet ihre hübschen Fingernägel.

»Nun gehen Sie schon«, sagt Mildred, und Winifrede gehorcht. Indessen übertragen die kleinen zylindrischen Ohren in den Wänden den Wortwechsel, das Tonbandgerät zeichnet im Kontrollraum, wo unzählige Spulen sich stundenlang gehorsam drehen, alles auf.

Als Winifrede weg ist, sitzen die drei Schwestern ein Weilchen stumm da. Alexandra betrachtet den Zeitungsausschnitt, Walburga und Mildred betrachten Alexandra.

»Felicity ist mit Thomas im Obstgarten«, wiederholt Alexandra, »und sie hofft, Äbtissin von Crewe zu werden.«

»Wir haben keine Fernsehkameras im Obstgarten«, sagt Mildred, »noch nicht.«

»Gertrude«, spricht Alexandra ins grüne Telefon, »uns wurde berichtet, daß Sie den Himalaja überquert haben und Geburtenkontrolle predigen. Die Bischöfe verlangen eine Erklärung. Wir bekommen Ärger mit Rom, meine liebe Gertrude, und das ist so kurz vor der Wahl äußerst peinlich.«

»Ich habe nur den Vögeln gepredigt, wie der heilige Franz.«

»Gertrude, von wo sprechen Sie?«

»Es ist unaussprechlich, und morgen wird der Name der Stadt in etwas genauso Unaussprechliches umgeändert.«

»Wir hatten hier in Crewe unsere Schwierigkeiten. Sie sollten besser nach Hause kommen, Gertrude, und bei der Wahl helfen.«

»Bei der Äbtissinwahl darf keine Stimmenwerbung betrieben werden«, sagt Gertrude mit ihrer tiefsten Stimme. »Jede Stimmabgabe ist eine Gewissensfrage. Winifrede soll stellvertretend für mich wählen.«

»Zwei Jesuiten-Novizen sind während der Komplet ins Kloster eingebrochen, und Felicity läuft im Haus herum und erzählt, sie hätten nach Beweismaterial gegen sie gesucht. Sie haben ihren Fingerhut mitgenommen. Sie benimmt sich ausgesprochen klimakterisch und behauptet, es sei eine Verschwörung im Gange, um zu verhindern, daß sie zur Äbtissin gewählt wird. Das ist natürlich großer Unsinn. Warum kommen Sie nicht zurück, Gertrude, und sprechen zu uns darüber?«

»Ich war zu der Zeit nicht dort. Ich war hier.«

»Haben Sie eine Bronchitis, Gertrude?«

»Nein, halten Sie lieber selber eine Ansprache. Passen Sie auf, daß Sie keine Stimmenwerbung betreiben.«

»Gertrude, meine Liebe, wie soll ich es anstellen, an die höheren Instinkte der Schwestern zu appellieren? Felicity hat ihre Seelen verwirrt.«

»Appellieren Sie innerhalb der Klostermauern an ihre niederen Instinkte. Nur wenn man Außenstehende ermahnt, appelliert man an die höheren. Ich höre eine Glocke bei Ihnen läuten, Alexandra, eine liebliche Glocke.«

»Die Glocke zur Terz. Haben Sie nicht Heimweh, Gertrude, nach Ihnen Gleichgesinnten?«

Aber Gertrude hat aufgelegt.

Die Nonnen sind im großen Kapitelsaal versammelt, wo die Priorin Walburga zu ihnen spricht. Sie sitzen nach Stand im Halbkreis, die älteren hinten, die jüngeren und weniger geachteten in den mittleren Reihen, und die Novizinnen vorn. Walburga steht am Tisch auf dem Podium, die ältesten Schwestern zu beiden Seiten. Zu ihnen gehören Felicity, Winifrede, Mildred und Alexandra.

»Schwestern, seien Sie ruhig, seien Sie vernünftig«, beginnt Walburga.

Die Nonnen sind jedoch so unruhig wie nie zuvor. Die Gesichter strahlen, und die Augen blitzen, als seien sie im Theater und warteten darauf, daß der Vorhang sich öffne, da sie ja schließlich für ihre Plätze bezahlt hätten. Draußen prasselt der Regen auf den Rasen, den Kies, auf das Blätterdach; und drinnen bewegen sich die Nonnen raschelnd, als steige ein kleines Unwetter in ihren Reihen auf.

»Seien Sie nüchtern und wachsam«, fährt Walburga, die Priorin, fort, »denn ich habe Schwester Alexandra gebeten, über die jüngsten Zwischenfälle im Kloster zu Ihnen zu sprechen.«

Alexandra erhebt sich und verneigt sich vor Walburga. Sie steht wie ein Blitzableiter, elegant in ihrem schwarzen Gewand, das sehr bald noch strahlender in Weiß sein wird. »Schwestern, seien Sie ruhig. Ich habe zunächst eine Botschaft von unserer geschätzten Schwester Gertrude. Schwester Gertrude schlichtet gegenwärtig einen Streit zwischen zwei Sekten, die jenseits des Himalaja ansässig sind. Der Streit dreht sich um einen Punkt der Lehrmeinung, der augenscheinlich aus einem bloßen Schreibfehler im Englischen entstanden ist. Getreu ihrer kühnen Art hat Schwester Gertrude es abgelehnt, Rom mit den ermüdenden Einzelheiten des Gezänks und Blutvergießens in diesem Gebiet zu belästigen, und schlichtet es außergerichtlich selber. Bei diesen dringlichen Geschäften hat Schwester Gertrude Zeit gefunden, an unseren kürzlichen belanglosen Ärger im traulichen Crewe zu denken, und sie bittet uns, an Ihre höheren Instinkte und Ihre Weitsicht zu appellieren, was ich im Begriff bin zu tun.«

Die Nonnen sind bereits durch die Beschwörung der berühmten Gertrude wach geworden und ernüchtert, aber Felicity löst nervöse Verwirrung aus, als sie aus einer großen Tasche unter dem schwarzen Skapulier einen kleinen Stickrahmen hervorholt. Ihre Finger sind mit einem Extraschnörkel beschäftigt, während Alexandra, nachdem ihr Blick über diese ohnmächtige Demonstration geschweift ist, fortfährt:

»Schwestern, lassen Sie mich tun, was Schwester Gertrude wünscht, lassen Sie mich an Ihre höheren Instinkte appellieren. Vergangene Woche hatten wir in unserer Mitte das ungewöhnliche Erlebnis eines mitternächtlichen Einbruchs zweier junger Grobiane. Es ist natürlich, daß Sie sich Gedanken machen, und wir wissen, daß Sie veranlaßt wurden, diesen Vorfall, über den außerhalb der Klostermauern Berichte in Umlauf gebracht worden sind, unter sich zu bereden.«

Felicitys Finger fliegen hin und her, die Augen mit den blassen, frommen Wimpern blicken nach unten, und sie hält die Arbeit dicht vors Gesicht.

»Jetzt stehe ich nicht hier vor Ihnen, um von alltäglichen Dingen zu sprechen, von belanglosen, materiellen Dingen, die vergänglich sind und zu dem werden, wie der Dichter es ausdrückt:

Der Liebe Bild aus seidnem Garn,
Verträumt von Frauen ausgedacht,
Hat nur die Motten fett gemacht …

Ich möchte vielmehr die Aufmerksamkeit Ihrer höheren Instinkte auf die bleibende Tradition einer Angehörigen meiner eigenen Familie lenken, Marguerite Marie Alacoque aus dem siebzehnten Jahrhundert, meine erlauchte Tante, Gründerin des großen Klosters von Sacré-Cœur. Ich möchte Sie jetzt an Ihr Glück erinnern, denn in jenen Tagen, müssen Sie wissen, waren die Nonnen streng in zwei Gruppen geteilt, die *sœurs nobles* und die *sœurs bourgeoises*. Abgesehen von diesem Unterschied zwischen dem Adel und den Bürgern gab es natürlich eine dritte Gruppe des Konvents, die Laienschwestern, die kaum zählten. Fürwahr, bis in unser Jahrhundert hinein waren die Klosterschulen des Kontinents geteilt; die *filles nobles* wurden von Schwestern adliger Abstammung unterrichtet, während die *sœurs bourgeoises* die Töchter der *vils métiers*, das heißt der Handwerker, unterrichteten.«

Winifredes Augen, die den Rädern eines Spielzeugautos gleichen, starren gespannt aus dem gesunden, hübschen Gesicht; ihr Vater ist reicher und tüchtiger Eigentümer und Präsident einer Porzellanfabrik und zudem zum Ritter geschlagen worden.

Walburga hat die hübschen Hände auf dem Tisch gefaltet und betrachtet sie, während Alexandras Stimme in so klaren, lieblichen Weisen ertönt. Walburgas langes Gesicht hebt sich dunkelgrau gegen die weiße Umrahmung ihrer Nonnenhaube ab; sie hat den großen Besitz ihrer frommen brasilianischen Mutter in das Kloster eingebracht; ihr verstorbener Vater stammt aus einer Offiziersfamilie.

Mildreds blaue Augen wandern aufmerksam zu den Novizinnen, um deren Verhalten zu beobachten, aber das herzförmige Gesicht bleibt reglos, als sei es auf ihre Haube gemalt.

Alexandra steht wie der Mast eines alten Schiffes. Felicitys erregte Finger attackieren das Stück Stoff mit der akkuraten, ewig stichelnden

Nadel; sie hatte die verstorbene Äbtissin Hildegarde zuweilen durch ihre ängstliche Bosheit amüsiert, denn obwohl sie von ebenso adliger Herkunft war wie Alexandra, war ihr nicht das geringste davon anzumerken. »Irgendeine interessante genetische Mutation«, hatte Hildegarde gesagt, »wenn man bedenkt, daß sie bei so hervorragender Abstammung ein gewöhnliches kleines Ding ist, wissen Sie. Aber Felicity ist letzten Endes ein Objekt, an dem wir Nächstenliebe üben können.« Der Regen prasselt stärker und klatscht ans Fenster, als wolle er Alexandras klare Stimme übertönen, während Felicity immer wieder zusticht, wie um Blut abzuzapfen. Alexandra sagt gerade:

»Sie müssen in Betracht ziehen, Schwestern, daß wir sehr bald eine Wahl haben, in der wir unsere neue Äbtissin von Crewe benennen; jede einzelne von uns, die hinreichend lange hier ist und der Stimmabgabe würdig, wird ihre Stimme nach ihrem Gewissen abgeben, ohne sich mit anderen zu beraten oder Meinungen zu dieser Angelegenheit auszutauschen. Schwestern, seid nüchtern und wachet. Sie werden Ihres Glückes gedenken, Töchter von Zahnärzten, Ärzten, Anwälten, Maklern, Kaufleuten und von Hinz und Kunz aus dem ganzen Land, wie es die meisten von Ihnen sind. Sie werden Ihr Glück erkennen, daß mit dem Fortschreiten des Jahrhunderts diese Kongregation bei Ihrer Aufnahme in den Orden nicht mehr die *épreuves* verlangt, das soll heißen, den Beweis Ihrer adligen Herkunft über vier Generationen wappenführender Ahnen in beiden Linien oder aber von zehn Generationen wappenführender Ahnen in der männlichen Linie. Heutigentags verschmelzen die Bürger unterschiedslos mit dem Adel. Nicht länger haben wir in unserem Kloster separate Eingänge, separate Dormitorien, separate Refektorien und Treppen für die *sœurs nobles* und die *sœurs bourgeoises*; nicht länger ist die Kapelle durch Lettner unterteilt, welche die Ladys von den Bürgerlichen trennten und die Bürgerlichen von den niederen Ständen. Wir haben jetzt lediglich unsere höheren Instinkte, die uns in der Frage leiten, wie es in unserem Orden und unserem Kloster weitergehen soll. Werden wir zu einer Gemeinschaft des völlig Bürgerlichen verfallen, oder werden wir weiterhin als eine Gemeinschaft von Ladys erkennbar sein? Lassen Sie mich an dieser Stelle daran erinnern, daß im Jahre 1873 die Schwestern des Heiligen Herzens eine Pilgerfahrt nach Paray-le-Monial zum Schrein meiner Ahnherrin unternommen haben, die vom Herzog von Norfolk in Socken angeführt wurde. Schwestern, wachet. In der Botschaft, die mir von unserer gepriesenen Schwester Gertrude übermittelt wurde, und im Gehorsam gegenüber unserer Priorin Walburga ist mir dringend empfohlen, an Ihre höheren Instinkte zu appellieren, so daß ich Ihnen die folgenden Unterscheidungsmerkmale unterbreite, damit Sie ernsthaft darüber nachdenken:

›In unserem Kloster legt eine Lady ihre Liebesbriefe in das dafür vorgesehene Kästchen in der großen Halle, auf daß sie der Gemeinschaft leichte Unterhaltung während der Stunde der Freizeit bieten; eine Bürgerliche hingegen bewahrt ihre Liebesbriefe in einem Nähkasten auf.

Eine Lady hat Stil; eine Bürgerliche hingegen tut gewisse Dinge unter den Pappeln und im Obstgarten.

Eine Lady ist heiter und gelassen im Umgang mit drittklassigen Einbrechern; eine Bürgerliche hingegen ruft die Polizei.

Eine Lady erkennt die wissenschaftlichen Überwachungsmethoden, wie zum Beispiel die Elektronik, als wertvolle und diskrete Unterstützung ihrer natürlichen Fähigkeit der Neugierde an; eine Bürgerliche hingegen betrachtet solche Neuerungen im Licht der Dämonologie und hält es für feiner, dazusitzen und sich mit Näharbeiten zu beschäftigen.

Eine Lady mag die Todsünden begehen oder nicht; eine Bürgerliche hingegen pfuscht in gewöhnlichen Vergehen und vorsichtigem Betragen.

Eine Lady trägt standhaft jenen *Agenbite of Inwyt**, der in der gleichnamigen Abhandlung

* Gewissensbiß

in frühmittelenglischer Sprache von meinem Vorfahren Michel of Northgate im Jahre 1340 verherrlicht wurde; eine Bürgerliche hingegen leidet unter dem jämmerlichen, ordinären, schlechten Gewissen.

Eine Lady mag insgeheim an nichts glauben; eine Bürgerliche hingegen verkündet ständig ihren Glauben und glaubt an die falschen Dinge.

Eine Lady nimmt einen Skandal, der ihr eigenes Haus betrifft, nicht zur Kenntnis, aber eine Bürgerliche tritt ihn *urbi et orbi*, das soll heißen überall, breit.

Eine Lady ist frei; aber eine Bürgerliche ist niemals frei vom Wunsch nach Freiheit.‹«

Alexandra hält inne, um gleich einem Engel von unirdischer intelligenter Substanz auf die Kongregation herabzulächeln. Felicity hat ihre Arbeit niedergelegt und schaut aus dem Fenster, als sei sie ärgerlich, daß es aufgehört hat zu regnen. Die anderen Schwestern auf dem Podium blicken Alexandra an, die nun sagt: »Schwestern, seid nüchtern und wachet. Ich spreche nicht von Moral, sondern von Ethik. Unsere Themen sind nicht die der Frömmigkeit und Heiligkeit, welche bei Gott ruhen; es geht darum, ob Sie Ladys sind oder nicht, und das ist etwas, was *wir* entscheiden. In meiner Jugend hieß es richtig, daß die Frage ›Ist sie eine Lady?‹ keine Antwort erheischt, weil bei einer Lady sich diese Frage nicht erhebt. Es ist fürwahr ein trauriger Gedanke, daß die Notwendigkeit uns zwingt, im Kloster Crewe darüber zu sprechen.«

Felicity verläßt den Tisch und geht festen Schrittes zur Tür, wo sie, als die Nonnen hinausschreiten, unruhig und wütend steht und sich besonders nach ihren Getreuen umsieht. Ängstlich darauf bedacht, Ladys zu sein, heften sogar die Schwestern aus dem Nähzimmer den verwirrten Blick auf den Boden und schreiten vorwärts zu ihrem Abendessen aus Reis und Fleischbällchen, zubereitet aus Hundefutter in Dosen, das einige sehr gesunde Bestandteile enthält und für sie immerhin gut genug ist.

Als sie weg sind und Felicity sich ihnen angeschlossen hat, sagt Mildred: »Sie haben den richtigen Ton angeschlagen, Alexandra. Sowohl die Novizinnen als auch die Nonnen sind unverbesserliche Snobs.«

»Alexandra, das haben Sie gut gemacht«, sagt Walburga. »Ich nehme an, Felicity wird nun keinen Einfluß mehr auf die abtrünnigen Schwestern haben.«

»Mehr abartig als abtrünnig. Meine liebe Winifrede, da Sie eine Lady mit höheren Instinkten sind, dürfen Sie gehen und den Weißwein auf Eis legen.« Winifrede geht verwirrt, aber erfreut davon.

Daraufhin fassen sich die drei schwarzverhüllten Nonnen – Walburga, Alexandra und Mildred – bei den Händen. Sie tanzen leichtfüßig im Kreis, sie hüpfen erst in die eine und dann in die andere Richtung.

Plötzlich sagt Walburga: »Pst!« Sie lauscht zum Fenster hin. »Jemand hat gepfiffen.« Aus den fernen Bäumen ertönt zum zweitenmal ein leiser Pfiff. Die drei gehen zum Fenster und sehen im letzten Abendlicht, wie die kleine Felicity die Wege entlangrennt und sich dabei nahe an den Rhododendronbüschen hält, bis sie zwischen den Bäumen verschwindet.

»Der Boden ist triefnaß«, bemerkt Alexandra.

»Sie werden etwas im Stehen anstellen«, sagt Mildred.

»Oder sie stellen sich kopf«, sagt Walburga.

»Nicht Felicity«, entscheidet Alexandra. »Um es mit den Worten Alexander Popes auszudrükken:

Tugend ist ihr ein allzu lästig Streben,
Das Schicklichkeit verlangt ein ganzes
Leben.

Viertes Kapitel

Der taube, ältliche Abt von Ynce, der einmal in der Woche ins Kloster gefahren wird, um den Nonnen die Beichte abzunehmen, assistiert von den guten Jesuitenpatern Maximilian und Baudouin, ist anwesend. Er und die beiden Jesuiten haben der feierlichen Wahl beigewohnt, und er hat Alexandra vor der versammelten Kongregation zur Äbtissin von Crewe erklärt. Der alte Abt hat der neuen Äbtissin den Krummstab übergeben, hat eine feierliche Messe gelesen und ist, nachdem man ihm in den Wagen geholfen hat, in den Tiefen des Rücksitzes fest schlafend abgefahren. Während der ganzen feierlichen Wahl lag Felicity mit Influenza im Bett. Sie erfuhr von ihrer Freundin Bathildis die Nachricht von Alexandras triumphalem Sieg, worauf sie sofort das Thermometer in den Mund steckte, eine Darbietung, die von Alexandra, Mildred und Walburga mit Interesse auf dem Monitor verfolgt wurde.

Aber das alles ist jetzt vorüber; vorbei und vergessen. Die Blätter fallen, die Schwalben nehmen Abschied. Felicity hat sich schon lange von ihrem Krankenlager erhoben, die Koffer gepackt, den Nähkasten zärtlich in Sackleinwand gehüllt und mit dieser Habe das Kloster verlassen. In London, wo sie mit ihrem Jesuiten Thomas eine kleine Wohnung in Earl's Court teilt, hat sie bereits einige außergewöhnliche Enthüllungen gemacht.

»Wenn die Polizei bloß Anklage gegen diese dummen kleinen Seminaristen erhoben hätte, die in das Kloster eingedrungen sind«, sagt Walburga, »dann könnte sie keine öffentlichen Erklärungen abgeben, solange die Untersuchungen laufen.«

»Das Gesetz hat nichts damit zu tun«, entgegnet die Äbtissin, die nun in strahlendes Weiß gekleidet ist. »Lästig sind die Presse und die Bischöfe. Die Polizei will sich offenbar nicht in die Angelegenheit einmischen, die eine katholische Einrichtung betrifft, das wäre eine peinliche Situation.«

Mildred schaltet sich ein. »Es war so. Die beiden jungen Jesuiten, die inzwischen aus dem Orden ausgeschlossen wurden, haben gehört, daß es da eine Nonne gab ...«

»Das war Felicity«, unterbricht die Äbtissin.

»Es war Felicity«, wiederholt Walburga.

»Ja. Eine Nonne, die mitten im Kloster sexuelle Riten zelebrierte, oder sagen wir, sexuelle Totenfeiern, und ihre traurigen Praktiken im Kloster predigte ... Also, sie hören von dieser Nonne und brechen ins Kloster ein in der Hoffnung, daß Felicity und vielleicht eine ihrer Freundinnen ...«

»Sagen wir Bathildis«, sagt Walburga wohlüberlegt und hellwach.

»Ja, natürlich, Felicity und Bathildis, daß sie

sich auf ein Abenteuer mit diesen Jungs einlassen würden.«

»Das Abenteuer findet wirklich statt«, sagt die Äbtissin.

»Und die Seminaristen nehmen den Fingerhut mit...«

»Als Andenken?« fragt die Äbtissin.

»Könnte es ein sexuelles Symbol sein?« wagt Mildred vorzuschlagen.

»Ich kann mir das Szenario nicht vorstellen«, sagt die Äbtissin. »Warum sollte Felicity dann am nächsten Morgen wegen des fehlenden Fingerhuts Alarm schlagen?«

»Nun«, fährt Walburga fort, »um sich mit ihrem schmutzigen kleinen Abenteuer interessant zu machen. Mit so etwas wird gern geprahlt.«

»Und warum, wenn ich einmal laut denken darf«, fragt die Äbtissin, »sollte sie die Polizei am nächsten Abend rufen, als sie wiederkamen?«

»Vielleicht, weil sie sie erpressen könnten«, schlägt Walburga vor.

»Ich glaube nicht, daß das ankommt. Wirklich nicht. Diese Jungen – wie waren ihre fürchterlichen Namen?«

»Gregory und Ambrose«, antwortet Mildred.

»Das hätte ich mir denken können«, sagt die Äbtissin ohne ersichtlichen Grund. Sie sitzen in ihrem Empfangszimmer, und sie berührt das Prager Jesuskind, das vor reichem Glanz nur so strotzt.

»Laut Bericht in *The Sunday People* von dieser Woche haben sie jetzt Maximilian als ihren Auftraggeber genannt, Baudouin noch nicht«, sagt Walburga.

»Der Bericht ist belanglos. Wie wollen wir die Geschichte sehen?« fragt die Äbtissin.

»Versuchen wir es doch einmal so«, schlägt Mildred vor. »Die Jungen, Gregory und Ambrose...«

»Diese Namen«, äußert die Äbtissin, »haben mir schon das Szenario verleidet.«

»Also gut, die beiden Jesuiten-Novizen. Sie brechen am ersten Abend in das Kloster ein, um zwei Nonnen aufzugabeln, egal, welche...«

»Nicht in meinem Kloster. Meine Nonnen sind über jeden Verdacht erhaben. Alle außer Felicity und Bathildis, die ausgeschlossen worden sind. Felicity ist sogar exkommuniziert. Es darf auf keinen Fall heißen, meine Nonnen seien bekanntermaßen so leicht zu haben, daß ein paar jugendliche Jesuiten folglich durch diese Pforten in profaner Absicht treten könnten.«

»Sie sind durch das Gartentor gekommen«, sagt Mildred, ohne über ihre Worte nachzudenken, »das Walburga für Pater Baudouin offengelassen hat.«

»Das ist ein Scherz«, sagt die Äbtissin und deutet auf das Jesuskind von Prag, in dem das stärkste Mikrophon des Empfangszimmers untergebracht ist.

»Seien Sie ohne Sorge«, sagt Walburga und

schaut, ein breites Lächeln auf dem langen, straffen Gesicht, auf das Jesuskind. »Niemand außer uns weiß, daß wir Wanzen haben, und Winifrede begreift die Zusammenhänge nie so ganz. Seien Sie unbesorgt.«

»Ich mache mir nur wegen Felicity Gedanken«, sagt Mildred. »Sie könnte es vermuten.«

»Sie weiß lediglich, daß unser Elektroniklabor und die technischen Kräfte die Aufgabe haben, Kontakte mit den neuen Missionen aufzunehmen, die von Gertrude in der ganzen Welt gegründet wurden. Sie weiß nur von den grünen Leitungen zu Gertrude. Machen Sie sich keine Sorgen.«

»Es erübrigt sich, mir das zu raten«, bemerkt die Äbtissin, »weil ich das nie tue. Angst ist für das Bürgertum da und für große Künstler in Stunden, wenn sie weder schlafen noch ihrer Kunst nachgehen. Eine aristokratische Seele verspürt keine Angst, genausowenig, glaube ich, wie die Hungernden der Welt, da sie kraftlos die Not des Hungerns erdulden. Ich weiß nicht, warum, aber ich grüble über den Hungertod und die Verhungernden. Schwestern, ich will Ihnen ein Geheimnis anvertrauen. Lieber würde ich, zum Skelett abgemagert, tot in den trocknen Boden irgendeiner afrikanischen oder indischen Ebene sinken, zusammen mit den anderen Verhungerten, als wegen einer Angstneurose einen Psychiater aufsuchen, wie es Felicity jetzt wohl tut.«

»Sie geht zum Psychiater?« fragt Walburga.

»Armes Ding, sie hat ihren kleinen silbernen Fingerhut verloren«, sagt die Äbtissin. »Allerdings hat sie selber im Fernsehen erklärt, daß sie sich einer psychiatrischen Behandlung unterzieht, weil sie an Angstzuständen leidet, die von ihrer Exkommunikation wegen des sündhaften Zusammenlebens mit Thomas ausgelöst wurden.«

»Was kann ein Psychiater schon tun?« fragt Mildred. »Sie kann nicht mehr exkommuniziert werden, als sie ist, und auch nicht weniger.«

»Sie muß sich mit dem Gedanken abfinden«, betont die Äbtissin. »Wie Felicity sagt, ist das ihre Rechtfertigung für die Konsultation eines Psychiaters. Dann kamen noch mehr Phrasen, aber ich habe abgeschaltet.«

Die Glocke läutet zur Vesper. Lächelnd erhebt sich die Äbtissin und geht voran.

»Es ist schwer, keine Angst zu bekommen, bei den Geschichten, die draußen über uns zirkulieren«, sagt Mildred, als sie Walburga durch die Tür folgt.

Die Äbtissin wartet einen Augenblick. »Mut! Für den Mutigen gibt es keine Angst, die nicht unter der Wirkung der göttlichen Gnade dahinschmilzt, wie immer diese auch erlangt werden mag. Sie rezitieren die Psalmen der Offizien, und ich ebenfalls, wobei ich auch oft zu englischer Poesie übergehe, meiner Leidenschaft. Schwestern, seid ruhig; für jede ihre eigene Quelle der Gnade.«

Felicitys Kirchenstuhl ist leer und Winifredes ebenfalls. Es ist die Vesper am letzten friedlichen Herbstsonntag innerhalb der Klostermauern. Am Mittwoch der darauffolgenden Woche wird die Polizei den Ort schützen, am Tage mit Hunden patrouillieren und nachts Streife gehen, weil Presse, Fotografen und Fernsehteams begonnen haben, wie ein brüllender Löwe umherzuschleichen, der sucht, wen er wohl verschlingen könne.

»Schwestern, seid nüchtern und wachet.«

»Amen.«

Draußen auf dem Klostergelände wispern nur die Bäume an diesem letzten friedlichen Sonntag im Oktober.

Wer auf Mahnwort achtet, ihm ergeht es gut;
wohl dem, der vertraut auf den Herrn!
Wer weisen Herzens, wird als verständig
gerühmt,
doch angenehme Rede vermehrt die
Belehrung noch.

Die reine, kalte Luft der Kapelle verebbt, sie flutet und verebbt mit dem Gregorianischen Choral, den reinen Stimmen der Kongregation, die täglich mit der Chorleiterin für diese Augenblicke proben. Die ganze Kongregation ist versammelt, außer Felicity und Winifrede. Die Äbtissin in dem eben gewechselten Gewand steht vor ihrem Thron, während der Wechselgesang steigt und fällt.

Selig die Friedensstifter, selig die reinen
Herzens sind,
denn sie werden Gott schauen.

Unbeweglich wie ein Obelisk steht Alexandra vor ihnen und besichtigt, was sie – und vor ihr die Äbtissin Hildegarde – geschaffen hat, um es gut zu finden und mutig davon zu künden. Ihre Lippen bewegen sich wie in einem Film, der in eine sonderbare Sprache synchronisiert wurde:

Wann endlich, Friede, wann, du Taube,
hältst du ein,
Mich zu umkreisen, und bleibst hier in
meinen Zweigen?
Wann kommst du, Friede, wann? – Mir ist
vor mir nicht bang
Zu sagen: Manchmal schätz ich dich; doch
kläglich klein
Ist Frieden ratenweise. Wie kann der Frieden
schweigen
Zum Graun des Kriegs, zur Angst, zum
eignen Untergang?

In der Halle, am Fuß des Treppenabsatzes, fragt Mildred: »Wo ist Winifrede?«

Die Äbtissin antwortet erst, als sie ihr Empfangszimmer erreicht und sich gesetzt haben.

»Winifrede ist zur Damentoilette im Parterre von *Selfridges* gegangen und noch nicht zurück.«

»Wo wird das alles enden?« ruft Walburga aus.

»Wie in aller Welt können diese beiden jungen Männer ihr Geld in der Damentoilette holen?« fragt Mildred.

»Ich nehme an, sie schicken irgendein Mädchen. So jedenfalls wurde Winifrede instruiert«, antwortet Alexandra.

»Je mehr Leute davon wissen, desto weniger gefällt es mir, Alexandra.«

»Je mehr Geld sie verlangen, desto weniger gefällt es mir. Eigentlich habe ich von diesen Forderungen zum erstenmal heute morgen erfahren. Jetzt frage ich mich, was in aller Welt Baudouin und Maximilian sich dabei gedacht haben, als sie diese Jungen überhaupt ins Kloster schickten.«

»Wir wollten Felicitys Liebesbriefe«, sagt Mildred.

»Wir brauchten ihre Liebesbriefe«, verbessert Walburga.

»Hätte ich gewußt, daß das alles war, was Sie brauchten, dann hätte ich die Sache intern geregelt. Schließlich haben wir die Fotokopiergeräte.«

»Felicity hat zu der Zeit höllisch aufgepaßt«,

sagt Mildred. »Wir mußten dafür sorgen, daß Sie zur Äbtissin gewählt wurden, Alexandra.«

»Ich wäre sowieso gewählt worden. Aber, Schwestern, ich stimme Ihnen zu.«

»Wenn sie beim ersten Einbruch nicht den Fingerhut mitgenommen hätten, wäre Felicity nie ein Verdacht gekommen«, stöhnt Walburga.

»Sie waren von Sinnen, diesen verfluchten Fingerhut anzurühren. Sie haben ihn bloß genommen, um Maximilian zu zeigen, wie leicht es war, einzubrechen.«

»So ein Getue um einen kleinen silbernen Fingerhut«, sagt Alexandra, wie sie es bereits festgestellt hat und mit lyrisch-gleichgültigem Gebaren wieder sagen wird.

»Ach, na ja, wir wissen sehr wenig davon«, sagt Mildred. »Ich persönlich weiß nichts davon.«

»Ich habe nicht die geringste Ahnung, worum es sich dreht«, sagt Walburga. »Ich weiß nur, daß Baudouin und Maximilian bis zum Hals drinstekken, wenn sie nicht mehr Geld auftreiben.«

»Winifrede steckt ebenfalls bis zum Hals drin«, entgegnet die Äbtissin, wie sie es bereits gesagt hat und wieder sagen wird.

Die Zentrale stellt ein Gespräch durch. Mit finsterem Blick und gespannter Miene nimmt Walburga den Hörer ab; Mildred mit ihren hübschen, außergewöhnlich sommerblauen Augen sieht zu. Walburga legt eine Hand über die Muschel. »Der *Daily Express* will wissen, ob Sie, Mutter, eine Erklärung zu Felicitys psychiatrischer Behandlung abgeben können.«

»Sagen Sie ihnen, daß wir nichts über Felicity wissen, seit sie das Kloster verlassen hat. Ihr Platz in der Kapelle ist leer und wartet auf ihre Rückkehr.«

Walburga wiederholt das langsam für die Schwester in der Zentrale, die mit bebender Stimme entgegnet: »Ich werde die Botschaft ausrichten, Schwester Walburga.«

»Würden Sie sie tatsächlich wieder aufnehmen?« will Mildred wissen. Aber das Telefon läutet abermals. Es ist vorbei mit dem Frieden.

Walburga nimmt das Gespräch ungnädig entgegen und vermittelt wieder. »Sie sind sehr hartnäkkig. Der Reporter möchte Ihre Ansichten zu Felicitys Abkehr vom Glauben wissen.«

»Geben Sie mir das Telefon.« Dann spricht die Äbtissin zur Telefonistin: »Schwester, seid nüchtern und wachet. Nehmen Sie Bleistift und Papier zur Hand, damit ich Ihnen eine Mitteilung diktieren kann. Sie hat folgenden Wortlaut:

›Die Äbtissin von Crewe kann nicht mehr sagen, als daß sie die Rückkehr von Schwester Felicity ins Kloster begrüßen würde. Was Schwester Felicitys kürzliche Eskapade betrifft, so hat die Äbtissin volles Verständnis und würde sogar die schönen Worte John Miltons auf Schwester Felicitys kühne Handlungsweise anwenden. Diese Worte lauten: Ich kann keine flüchtige und weltabgeschiedene Tugend loben, nie geübt und nie geäußert, welche niemals ausbricht und auf ihren Gegner trifft, sondern sich leise aus dem Kampf davonstiehlt...‹

Wiederholen Sie das dem Reporter, bitte, und falls noch mehr Anrufe von draußen kommen, sagen Sie bitte, wir hätten uns zur Nachtruhe begeben.«

»Was werden sie daraus machen?« fragt Mildred. »Es klingt unerhört charmant.«

»Sie werden es irgendwie verstümmeln«, sagt die Äbtissin. »Entstellte Berichte sind das, was wir jetzt brauchen, Schwestern. Wir verlassen den Bereich der Historie und sind im Begriff, in den der Mythologie einzutreten. Mythologie ist nichts weiter als entstellte Historie; gleichermaßen ist Historie entstellte Mythologie, und mehr ist sie nicht in der ganzen Menschheitsgeschichte. Wer sind wir, daß wir die Natur der Dinge ändern könnten? Wenn wir, meine lieben Schwestern, nach dem wahren Sachverhalt forschen würden, dann wäre es, als wollten wir nach fehlenden Gliedmaßen, Zehen und Fingernägeln eines Menschen suchen, der bei einem Flugzeugunglück in Stücke gerissen wurde.«

»Die englischen katholischen Bischöfe werden toben, weil Sie Milton zitieren«, sagt Walburga.

»Den Ausschlag geben die römischen Kardinäle«, erwidert die Äbtissin, »und ich bezweifle, daß sie jemals von ihm gehört haben.«

Die Tür geht auf, und Winifrede tritt ein, müde von der Reise, aber ungebeugt, und macht einen tiefen Knicks.

»Winifrede, meine Liebe«, sagt die Äbtissin.

»Ich habe eben erst wieder meine Tracht angelegt, Mutter.«

»Wie ist es gegangen?«

»Es ist gut gegangen. Ich habe die Frau sofort gesehen.«

»Sie haben die Plastiktüte auf das Waschbekken gestellt und sind in die Toilette gegangen?«

»Ja. Genauso war es. Ich habe mich hingekniet und durch den Spalt unter der Tür zugesehen. Es war eine Frau mit rotem Mantel und blauen Hosen, und sie hatte eine Ausgabe des *Tablet* bei sich. Sie hat sich zuerst die Hände am Waschbecken gewaschen, dann hat sie die Tüte genommen und ist gegangen. Ich bin sofort raus aus der Toilette, habe mir die Hände gewaschen und sie abgetrocknet. Niemand hat etwas bemerkt.«

»Wieviele Frauen waren in der Toilette?«

»Fünf und eine Wärterin. Aber unsere Transaktion war sehr rasch erledigt.«

»Was war das für eine Frau im roten Mantel? Beschreiben Sie sie.«

»Also, sie sah ziemlich männlich aus. Mit groben Zügen. Ich glaube, sie trug eine schwarze Perücke.«

»Männlich?«

»Im Gesicht. Auch ziemlich knochige Hände. Kräftige Gelenke. Ich habe sie nicht lange gesehen.«

»Wissen Sie, was ich glaube?« fragt die Äbtissin.

»Daß es überhaupt keine Frau war«, antwortet Walburga.

»Sondern einer dieser jungen Jesuiten, als Frau verkleidet«, sagt Mildred.

»Winifrede, ist das möglich?« will die Äbtissin wissen.

»Nun, es ist leicht möglich. Sehr leicht möglich.«

»Wenn ja, dann halte ich Baudouin und Maximilian für gefährlich dumm«, sagt die Äbtissin. »Es ist typisch für die Jesuitenmentalität, einen einfachen Vorgang zu komplizieren. Warum ausgerechnet eine Damentoilette?«

»Das ist ein Ort, wo eine Plastiktüte leicht den Besitzer wechseln kann«, sagt Walburga. »Baudouin ist nicht dumm.«

»Sie sollten sich mal von Baudouin lösen, Walburga«, sagt die Äbtissin.

Winifrede beginnt sehr nervös an ihrem Rosenkranz zu spielen.

»Was ist denn, Winifrede?« fragt die Äbtissin.

»Die Damentoilette bei *Selfridges* war meine Idee«, jammert sie. »Ich dachte, es sei ein guter Einfall. Man kann sich leicht dort treffen.«

»Ich leugne nicht, daß Ihre Idee zufällig Erfolg gehabt hat. Die Würfel müssen ja auch einmal zu Ihren Gunsten fallen. Aber Sie irren, wenn Sie annehmen, daß irgendeine Ihrer Ideen an sich gut wäre.«

»Jedenfalls haben die jungen Schurken das Geld gekriegt«, sagt Walburga, »und das wird ihnen den Mund stopfen.«

»Für eine Weile«, sagt die Äbtissin von Crewe.

»Oh, muß ich es noch einmal tun?« fragt Winifrede mit leiser, wimmernder Stimme.

»Vielleicht. Inzwischen gehen Sie und ruhen Sie vor der Komplet. Hinterher treffen wir uns alle hier zu Erfrischungen und ein paar unterhaltsamen Szenarios. Lassen Sie sich Ihre besten Szenarios einfallen, Schwestern.«

»Was sind Szenarios?« fragt Winifrede.

»Eine Kunstform«, entgegnet die Äbtissin von Crewe, »die auf Tatsachen beruht. Ein gutes Szenario ist eine Entstellung. Ein schlechtes ist Stümperei. Sie brauchen nicht einleuchtend zu sein, nur hypnotisch, wie alle gute Kunst.«

Fünftes Kapitel

Die Äbtissin sitzt am grünen Telefon. »Gertrude, haben Sie die Zeitungen gelesen?«

»Ja.«

»Sie meinen, die Neuigkeiten sind bis Reykjavik gedrungen?«

»Die Tschechoslowaken sind Weltmeister geworden.«

»Ich meine die Neuigkeiten über uns, liebe Gertrude.«

»Ja, ich habe etwas über Sie gelesen. Weshalb haben Sie das Kloster mit Wanzen gespickt?«

»Woher soll ich das wissen? Ich weiß nichts, rein gar nichts. Ich bin mit der Verwaltung des Klosters beschäftigt, mit unseren Chorälen, unseren Riten und Traditionen sowie mit der elektronischen Kommunikation zu unseren Missionsgebieten. Abgesehen von diesen Dingen weiß ich nur, was mir über Zeitungsmeldungen erzählt wurde, die ich nicht selber lese. Meine liebe Gertrude, warum kommen Sie nicht nach Hause, oder wenigstens ein bißchen näher, nach Frankreich, Belgien, Holland, irgendwohin auf dem Kontinent, wenn nicht nach England? Ich denke ernsthaft daran, die grüne Leitung zu demontieren, Gertrude.«

»Keine schlechte Idee. Von Crewe aus können Sie sowieso recht wenig Einfluß auf die Missionen nehmen.«

»Wenn Sie näher bei uns wären, Gertrude, sagen wir, in Österreich oder auch Italien ...«

»Zu dicht am Vatikan.«

»Wir brauchen eine Mission in Europa.«

»Aber ich mag Europa nicht. Rom ist zu nahe.«

»Ach ja, unser liebes gutes Rom. Aber, Gertrude, ich habe Ärger mit Rom, und ich glaube, Sie könnten uns helfen. Man wird früher oder später eine Kommission herschicken, um die Angelegenheit hier in Crewe zu untersuchen, meinen Sie nicht? So viel Publicity. Wie soll ich damit fertig werden, wenn Sie sich fernhalten?«

»Heimliches Mithören ist unmoralisch.«

»Haben Sie es auf der Brust, Gertrude?«

»Sie hätten die Gespräche der Schwestern nicht belauschen dürfen. Sie hätten nicht ihre Briefe öffnen und lesen dürfen. Sie hätten Ihre Mitgift im Kloster investieren und Ihre Jesuitenfreunde daran hindern müssen einzubrechen.«

»Gertrude, ich weiß, daß Felicity ein Bündel Liebesbriefe besaß.«

»Sie hätten ihr befehlen sollen, sie zu vernichten. Sie hätten sie warnen müssen. Sie hätten die Nonnen, die für sie stimmen wollten, nicht daran hindern dürfen. Sie hätten ...«

»Gertrude, Sie frommer Logiker, die Frage,

über die ich im schattigen Garten meiner Gedanken angestrengt grüble, ist, wo Sie Ihre ›Hätten nicht‹ und ›Müßten‹ herholen. Sie ergeben sich weder aus den moralischen Ansichten der Menschenfresser in den Anden noch jener der Splittergruppen im tiefen Kongo oder in den Bergen Asiens, oder? Mir will scheinen, meine Liebe, Ihre ›Hätte‹ und ›Hätte nicht‹ sind vielmehr näher der Heimat entstanden, sagen wir auf dem europäischen Kontinent, wenn Sie den Ausdruck entschuldigen wollen.«

»Der Papst sollte seine ökumenischen Ansichten erweitern, und er müßte sich an das Zweite Vatikanische Konzil halten. Er sollte die Dogmen dort am Heiligen Stuhl aus dem Fenster werfen und die anderen Religionen zur Tür hereinlassen und sich mit ihnen vereinigen.«

Die Äbtissin sitzt entspannt am grünen Telefon im Kontrollraum, betrachtet das kalte weiße Licht, das auf den Unmengen grüner Farne spielt, die sie unlängst im Zimmer aufgestellt hat, um es zu verschönern und die Apparate zu verbergen.

»Gertrude, ich bin zu der Einsicht gelangt, daß Ihre Logik einen Bruch hat. Und gleichzeitig überlege ich, was mit Walburga, Mildred und Winifrede geschehen soll.«

»Warum, was haben sie angestellt?«

»Meine Liebe, anscheinend sind sie es gewesen, die das Kloster mit Wanzen gespickt und einen Einbruch arrangiert haben.«

»Dann schicken Sie sie weg.«

»Aber Mildred und Walburga sind zwei der besten Nonnen, die ich je die Ehre hatte kennenzulernen.«

»Hier spricht Reykjavik, nicht Fleet Street. Warum gehen Sie nicht vor die Fernsehkamera? Sie würden wunderbar wirken, Mutter.«

»Meinen Sie, Gertrude? Wissen Sie, in dieser Beziehung habe ich volles Selbstvertrauen. Aber ich mache mir nichts aus Publicity. Ich liebe die englische Poesie, sogar meine Andacht nimmt diese Form an, was in meinen Augen durchaus zulässig ist. Gertrude, ich werde, wenn es sein muß, ein Fernsehinterview geben und aus Gedichten zitieren. Welchen Dichter halten Sie für den geeignetsten? Gertrude, hören Sie? Soll ich Ihre Meinung vom Heiligen Stuhl im Fernsehen verkünden?«

Gertrudes Stimme wird leise, als sie erwidert: »Nein, die ist bloß für den Hausgebrauch. Teilen Sie sie den Schwestern mit. Ich fürchte, ein Schneesturm kommt auf. Zu viele Störungen in der Leitung...«

Die Äbtissin, ganz allein im Kontrollraum, hopst vergnügt herum, nachdem sie den grünen Hörer aufgelegt hat. Dann drapiert sie die weiße Tracht und geht ins Empfangszimmer, das nach ihrem Geschmack ausgestattet worden ist. Mildred und Walburga erheben sich bei ihrem Erscheinen, aber sie sieht keine von beiden an, sondern bleibt reglos stehen, die beiden desgleichen, wie die Steinblöcke in Stonehenge. Nach geraumer Zeit läßt sie sich auf einem Sessel nieder, die Schnallenschuhe leicht auf den neuen grünen Teppich gesetzt. Mildred und Walburga nehmen Platz.

»Gertrude ist auf dem Weg ins Hinterland, tief in die kargen Einöden Islands, wo sie tägliche Andachten und Zentralheizung in den Iglus einzuführen hofft. Am besten besorgen wir Offerten von den Heizungsfirmen und schließen rasch einen Vertrag, denn ich fürchte, daß irgend etwas an dem Plan schiefgeht, zum Beispiel das Familienleben bei den Eskimos zerfällt. Was ist das für ein Gebell da draußen?«

»Polizeihunde«, sagt Mildred. »Die Reporter stehen noch an der Pforte.«

»Lassen Sie die Schwestern Distanz zur Pforte wahren. Wissen Sie, wenn es ganz schlimm kommt, werde ich selbst eine Erklärung im Fernsehen abgeben. Haben Sie weitere Informationen erhalten?«

»Felicity hat eine Liste der Vergehen im Kloster zusammengestellt«, berichtet Walburga. »Sie führt Klage, daß es Vergehen nach englischem Recht sind und keine kirchlichen Vergehen, und sie hat sich im Fernsehen beschwert, daß die zuständigen Stellen nichts unternehmen.«

»Den Gerichten wäre es natürlich lieber, die

Sache könnte von Rom aus geregelt werden. Haben Sie die Liste hier?« Die Äbtissin streckt die Hand aus und bewegt ungeduldig die Finger, während Walburga aus ihrer tiefen Tasche eine dicke, gefaltete Liste hervorholt, die schließlich die Finger der Äbtissin erreicht.

»Sie hat sie mit Hilfe von Thomas und *Rogets Thesaurus* zusammengestellt. Das hat die Tochter ihrer Wirtin berichtet, die Winifrede auf dem laufenden hält«, sagt Mildred.

»Wir werden bankrott gehen bei den vielen Geldern, die wir zahlen müssen.« Die Äbtissin entfaltet die Liste. Sie beginnt, in den schönsten Modulationen laut vorzulesen.

»*Verfehlungen der Äbtissin von Crewe.*« Dann blickt sie vom Papier auf und verkündet: »Ich liebe dieses Wort ›Verfehlungen‹. Es klingt wie der Gong des Jüngsten Gerichts und erinnert so gar nicht an die Wagnerschen Trompeten, die wir zu erwarten gelehrt wurden, sondern an etwas, das den Geruch von gekochtem Rindfleisch und Kohl im Hinterhof einer Maschinenwerkstatt in Sheffield Mitte des vorigen Jahrhunderts begleitet... Verfehlungen sind außerdem das, was Handlungsreisende sich in den dreißiger und vierziger Jahren unseres Jahrhunderts zuschulden kommen ließen, obwohl ich glaube, daß sie jetzt dasselbe unter anderem Namen tun... Verfehlungen, Verfehlungen... In keiner Bedeutung, die Felicity ihm geben könnte, trifft das Wort auf mich zu, Ladys. Felicity ist eine geile Puritanerin.«

»Wir könnten sie wegen Verleumdung verklagen«, sagt Walburga.

»Verleumdung trifft auch nicht auf mich zu.« Die Äbtissin liest weiter vor: »›Verheimlichen, Verstecken, Verbergen, Vertuschen, Verschleiern, Bemänteln, Tarnen, Verdecken, Verhüllen, Verschweigen, Maskieren, Verkleiden, Kaschieren, Verdunkeln, Verdummen, Verhehlen, Hintergehen, Anführen, Verblüffen, Verwirren, Verwickeln, Behindern, Irreführen, Ausbedingen, Unterdrücken, Beschwindeln et cetera.‹ «

Die Äbtissin schaut von der Liste auf und blickt in Mildreds und Walburgas aufmerksame, hübsche Gesichter. »Ich würde liebend gern wissen, wofür das ›et cetera‹ steht. Bestimmt hatte Felicity etwas im Sinn.«

»Ob es etwas mit Betrug zu tun hat?« fragt Mildred.

»Betrug ist im nächsten Absatz unterstellt, denn es geht weiter: ›Übervorteilen, Betrügen, Hintergehen, Ausnützen, Übertreffen, Hereinlegen, Beschwindeln, Prellen, Ruinieren, Übervorteilen, Ausnutzen, Ködern, Austricksen, Anführen, Vorgaukeln, Versündigen, Verleiten, Verlocken, Anlocken, Anschmieren, Erpressen, Beinstellen, Ausnehmen, Überlisten, Glaubenmachen, der Mond sei aus grünem Käse, und Täuschen.‹ «

»Eine verwirrende Anklage«, sagt die Äbtissin und blickt wieder auf. »Und, wissen Sie, sie hat nicht nur an die Verfehlungen gedacht, die ich begangen habe, sondern auch an die, die ich noch nicht begangen habe, aber noch begehen werde.«

Die Glocke läutet zur Vesper, und die Äbtissin legt die verwirrenden Bogen beiseite.

»Ich finde, wir sollten die Wanzen auf der Stelle ausbauen«, sagt Walburga, als sie der Äbtissin aus dem privaten Empfangszimmer folgt.

»Und unsere Tonbänder vernichten?« fragt Mildred ziemlich ängstlich. Mildred hängt sehr an den Tonbändern und spielt sie häufig mit ungewöhnlicher Konzentration ab.

»Keinesfalls«, entscheidet die Äbtissin, als sie auf dem obersten Treppenabsatz stehenbleibt. »Wir können keine Beweise vernichten, deren Vorhandensein entscheidend für unsere Geschichte ist und die ja nach den Forderungen der Inquisitoren aus Rom manipuliert werden können, die versuchen, unser Kloster zu liquidieren. Wir brauchen die Tonbänder zum Austricksen, Anlocken, Anschmieren, Überlisten, Beschwindeln et cetera. Da gibt es ein bestimmtes Band, auf dem ich meine Unschuld an dem Einbau der Wanzen beweise. Ich wandle mit Winifrede unter den Pappeln und diskutiere bereits im vergangenen Sommer das Verkleiden und Kaschieren. Es ist das Band, das mit der Frage beginnt: ›Was, Schwester

Winifrede, was ist gegen die herkömmliche Schlüssellochmethode einzuwenden...?‹ Ich habe es neulich abgespielt und neu geschnitten. Dadurch lasse ich jetzt durch Winifredes dumme Antwort, die ich zu Recht vergessen habe, den Eindruck entstehen, der Mond sei grüner Käse. Es ist ein sehr geeignetes Beweisstück, das man notfalls Rom vorlegen kann. Schwester Winifrede steckt bis zum Hals drin. Schicken Sie sie nach der Vesper ins Empfangszimmer.«

Sie steigen die Treppe mit solcher Sicherheit und müheloser Eleganz hinab, daß die Schwestern unten, bei denen sich bereits wie ein Windstoß in den Binsen frühzeitige Ahnung und Furcht vor dem Kommenden regt, nüchtern und aufgerüttelt, gefaßt und gesammelt sind, als sie hintereinander, jede an ihrem Platz, über den dunklen Rasen zur Vesper schreiten.

Laut und leise ertönen die Lobgesänge, und die Äbtissin erhebt sich von ihrem Thron, um in die Responsorien einzustimmen. Wie gefühlvoll sich ihre Lippen in der Flutwelle der Musik bewegen!...

Nehmen, erlangen, Nutzen ziehen, sich verschaffen, schöpfen, sichern, sammeln, ernten, erhalten, antreten, erben, zu etwas kommen, zusammenkratzen, erwischen, Vorteil ziehen, sein Schäfchen ins trockene bringen...

Schwestern, seid nüchtern und wachet: Euer Widersacher, der Teufel, streift umher wie ein brüllender Löwe und sucht, wen er verschlinge...

Schadenfroh sein, erfreut sein, Freude haben an, et cetera, Vergnügen finden an, sich erfreuen, Gefallen finden, mögen, genießen, schwelgen, sich gönnen, sich trösten, sich ergötzen, sich ergehen, glänzend dastehen, in der Wolle sitzen, den Appetit befriedigen, faisant ses choux gras, auf der Sonnenseite sitzen, auf verzauberten Boden treten.

Aus der Tiefe, Herr, ruf ich zu dir:
Höre, o Herr, meine Stimme!
Möge achten dein Ohr auf mein flehendes
Rufen!
Wolltest du, Herr, der Sünde immer
gedenken;
Herr, wer könnte bestehn!

War ich doch einst an Glück so reich!
Als ich ein Kind war, engelgleich.
Bevor ich inne ward, welch Plan
Bestimmte meines Lebens Bahn,
Bevor ich zwang die Seele mein
Himmlisch reinen Sinns zu sein.

»Es handelt sich darum, Winifrede, daß Sie ein sehr großes Risiko eingegangen sind, als Sie das Geld einem jungen, als Frau verkleideten Jesuitennovizen in der Damentoilette von *Selfridges* ausgehändigt haben. Er hätte als Transvestit verhaftet werden können. Diesmal sollten Sie sich etwas Besseres einfallen lassen.«

Die Äbtissin ist dabei, mit einer kleinen Schere die Fädchen zu lösen, die die zierliche Fassung eines Smaragds an die Gewänder des Prager Jesuleins heften.

»Es schmerzt mich, auf diese Weise die Mitgift der Schwestern auszugeben, zu verschwenden, zu vergeuden, zu verschleudern, zu verprassen, aufzubrauchen und zum Fenster hinauszuwerfen. Ich werde von den Jesuiten ausgeplündert. Aber, bitte sehr. Bringen Sie das hier zum Pfandhaus und treffen Sie eine Abmachung mit den Patres Baudouin und Maximilian, wie das Geld entgegengenommen werden soll. Aber keine Damentoilette mehr!«

»Ja, Mutter«, sagt Winifrede. Dann jammert sie leise: »Wenn mich bloß Schwester Mildred oder Schwester Walburga begleiten könnte ...«

»Sie wissen nichts von dieser Sache.«

»Ach, sie wissen alles!« sagt Winifrede in nicht zu überbietender Dummheit.

»Was mich betrifft, ich weiß auch nichts. So steht es im Szenario. Und wissen Sie, woran ich denke, Winifrede?«

»Was denn, Mutter?«

»Daran:

Ich trage Verlangen nach gleicher Sinnesart,
Oh, ich weiß, daß Menschen um mich sind,
Freundliche Gesichter,
Doch ich trage Verlangen nach gleicher Sinnesart.

»Ja, Mutter.« Winifrede knickst tief und will schon gehen, als die Äbtissin ihr wie ein weißer Wirbel die Hand auf den Arm legt, um sie zurückzuhalten.

»Winifrede«, sagt sie, »bevor Sie gehen, hätte ich gern, daß Sie das Sündenbekenntnis unterzeichnen. Bloß für den Fall, daß etwas passiert, was das Kloster in Schwierigkeiten bringen könnte.«

»Was für ein Sündenbekenntnis?« Winifredes kräftiger Körper wogt vor Schreck.

»Ach, das übliche.« Die Äbtissin winkt sie zum kleinen Schreibtisch, auf dem ein maschinenbeschriebener Bogen des teuren, mit Wappen versehenen klostereigenen Briefpapiers liegt. Die Äbtissin hält ihr den Federhalter hin. »Unterzeichnen Sie.«

»Darf ich es lesen?« winselt Winifrede und nimmt den Bogen in die kräftigen Hände.

»Es ist das übliche Sündenbekenntnis. Aber lesen Sie, lesen Sie, wenn Sie irgendwelche Befürchtungen haben.«

Winifrede liest das Maschinengeschriebene:

> *Ich bekenne Gott dem Allmächtigen, der seligen, allzeit reinen Jungfrau Maria, dem heiligen Erzengel Michael, dem heiligen Johannes dem Täufer, den heiligen Aposteln Petrus und Paulus, allen Heiligen, daß ich viel gesündigt habe in Gedanken, Worten und Werken, durch meine Schuld, durch meine Schuld, durch meine übergroße Schuld.*

»Unterschreiben Sie«, sagt die Äbtissin. »Bloß Ihren Namen und Stand.«

»Ich lege mich aber wirklich nicht gern so weit fest«, sagt Winifrede.

»Tja, wissen Sie, da Sie diese Worte jeden Morgen Ihres Lebens in der Messe wiederholen, wäre ich ganz entsetzt, wenn ich annehmen müßte, Sie seien all die Jahre hindurch eine Heuchlerin gewesen und hätten sie nicht ehrlich gemeint. Hunderte Millionen von Laien geben diese feierliche Erklärung Woche für Woche vor dem Altar ab.« Sie gibt Winifrede den Federhalter in die furchtsame Hand. »Sogar der Papst legt allmorgendlich ebendieses vernichtende Zeugnis ab, er gesteht ganz offen ein, daß er durch seine große Schuld viel gesündigt hat, worauf der Ministrant sagt: ›Möge der allmächtige Gott dir gnädig sein.‹ Und ich meine, Winifrede, daß das, was für den Heiligen Vater gut genug ist, auch für Sie gut genug ist. Glauben Sie, er meint nicht genau das, was er an jedem Morgen seines Lebens sagt?«

Winifrede nimmt die Feder und schreibt wie gestochen kühn und schräg unter das Sündenbekenntnis: »Winifrede, Ordensschwester im Kloster Crewe«. Sie tastet ihre Ordenstracht ab, ob der Smaragd auch sicher in den tiefen Falten der Tasche verwahrt ist, und ehe sie das Empfangszimmer verläßt, bleibt sie an der Tür stehen und sieht sich mißtrauisch um. Die Äbtissin steht, das Bekenntnis in der Hand, weißgewandet und weise unter der Lampe, wie der selige Erzengel Michael.

Sechstes Kapitel

Wir haben den Bereich der Mythologie betreten«, sagt die Äbtissin von Crewe, »und von den Tonbändern werde ich mich selbstverständlich nicht trennen. Ich mache das alte Vorrecht der Geistlichkeit geltend. Das Vertrauensverhältnis zwischen Schwestern und Äbtissin darf nicht zerstört werden. Diese Bänder stehen im Grunde unter dem Beichtgeheimnis, und selbst Rom darf sie nicht fordern.«

Die Leute vom Fernsehen sind befriedigt abgezogen, aber eine große Gruppe von Pressereportern wartet vor den Pforten. Die Polizei durchstreift das Gelände mit Hunden, die jedes trokkene Blatt, das am Boden raschelt, anknurren.

Vor einem Monat entschied Schwester Winifrede – eingedenk der Warnung der Äbtissin, keine Damentoilette für ein Rendezvous zu wählen –, es sei ein Zeichen von Initiative und Phantasie, wenn sie mit dem Erpresser ein Treffen in der Herrentoilette des Britischen Museums vereinbart. Genau dort unten, wo es keinen Ausweg gab, wurde Winifrede von der Museumswache und den Aufsehern festgenommen. »Hier haben wir einen dieser warmen Brüder«, sagte ein Aufseher. Winifrede – in dunkelblauem Straßenanzug, weißem

Hemd mit schmalen braunen Streifen und blau-rot gestreifter Krawatte, irgendeiner, selbst von der Sonntagspresse nicht identifizierten Universität – wurde ins Polizeirevier abgeführt und umklammerte dabei noch immer die mit den vielen Tausendern vollgestopfte Plastiktüte.

Winifrede begann mit ihrer Story auf dem Weg zum Polizeirevier, sie berichtete weiter, als die Polizistinnen sie ihrer Männerkleidung entledigten, und fuhr fort mit ihrer Aussage, als sie in einem polizeieigenen Overall steckte. Die Schlagzeilen der Abendzeitungen verkündeten: ›Kloster-Crewe-Skandal: Neue Enthüllungen‹, ›Nonnen-Transvestit aus Crewe auf Herren-WC gekascht‹ und ›Fingerhut-Fall von Crewe – Nonne verhört‹.

Winifrede wurde, nachdem sie ihre Geschichte erzählt hatte, ohne Strafantrag freigelassen, denn die Äbtissin versicherte, es sei eine interne und kirchliche Angelegenheit und werde als solche eingehend untersucht. Diese heikle Situation, welche die Vollstreckungsbehörden zu umgehen suchten, hinderte mehrere Bischöfe nicht daran, der Äbtissin Alexandra, weißgewandet in ihrem Empfangszimmer in Crewe, so viele Besuche abzustatten, wie sie empfangen wollte; noch hielt es viele Zeitungen der großen Welt davon ab, Berichte zu bringen.

»Exzellenzen«, sagte sie den drei Bischöfen, die

sie zuließ, »geben Sie auf Ihre eigenen Institutionen acht, ehe Sie meiner Abtei schaden. Sie wissen von dem Mäher bei Andrew Marvell:

Und wie sein Arm den Kreis beschreibt,
Stirbt alles hin, nichts, was noch bleibt,
Die Sense zischelt Hieb um Hieb,
Trennt von der Erde jeden Trieb,
Und plötzlich reißt der scharfe Stahl
In seinen Fuß ein wundes Mal;
Vom eignen Streich zum Gras geweht
Liegt dort der Mäher hingemäht.

Sie gingen, verwirrt und geblendet, und versicherten ihr einzeln und in vielfältiger Form, daß sie nicht die geringste Absicht hätten, ihr Kloster in Verruf zu bringen, sondern lediglich erfahren wollten, was, in aller Welt, da vorgehe.

Als die Äbtissin schließlich im Fernsehen erschien, war sie ein voller Erfolg, solange sie auf dem Bildschirm zu sehen war. Sie erklärte, wobei sie mit der schönen Hand ein gefaltetes Stück Papier hochhielt, sie besitze bereits das unterzeichnete Geständnis der armen Schwester Winifrede, aus dem hervorgehe, daß sie sich vieler Sünden schuldig gemacht habe und ihre Schuld voll eingestehe. Anschließend dementierte die Äbtissin Gerüchte über minderwertige Kost in Crewe. »Ich bestreite nicht, daß wir eigene Reformkostlabors haben, in denen wir große Mengen Nahrungsmittel untersuchen und für Experimente benutzen.« Auf dem Gebiet angewandter Elektronik, behauptete die Äbtissin, sei das Kloster führend, und sie hoffe, Ende des Jahres mit einem neuen, verbesserten Blitzableiter aufwarten zu können, der die Gefahr des Blitzeinschlags auf den Britischen Inseln noch mehr herabsetze.

Die Zuschauer starrten voll Ehrfurcht auf diese schöne Dame. Sie sagte, die vorhandenen Tonbänder seien vertrauliche Aufzeichnungen einzelner Gespräche zwischen Nonne und Äbtissin, und sie werde sie nie übergeben. Sie lächelte erhaben und bat alle, für das Kloster Crewe und für die geliebte Gertrude zu beten, deren bewundernswerte Arbeit in der Fremde allgemeine Dankbarkeit verdient habe.

Alle Kameras sind verschwunden, und die Reporter warten vor der Pforte. Lediglich der Müllwagen, der Jesuit, der die Messe liest, und das Postauto haben Zugang und dürfen das Gelände wieder verlassen. Sind diese morgendlichen Geschäfte erledigt, bleibt die Pforte geschlossen. Alexandra hat die Bischöfe empfangen, hat Erklärungen abgegeben und gesagt, sie werde sie nicht noch einmal empfangen. Die Bischöfe, die Alexandra beruhigt verließen, beschlich wenige Stunden nach Verlassen des Klosters das seltsame Gefühl, sich nicht präzise erinnern zu können, welche Erklärung Alexandra abgegeben hatte. Nun ist es zu spät.

Wer bezahlt die Erpresser, wofür, an wen, wieviel und mit welchen Mitteln aus welcher Quelle? Es gibt keine klare Antwort, weder in der Presse noch bei den Bischöfen. Es ist der Bereich der Mythologie, und die Äbtissin erklärt das Gertrude in ihrem Abschiedsgespräch über die grüne Leitung.

»Na schön«, sagt Gertrude, »Sie können sich vielleicht der öffentlichen Mythologie von Presse und Fernsehen sicher sein, aber Sie werden nicht erreichen, daß Rom mythologisch herangeht. In Rom gibt man sich mit Realitäten ab.«

»Es ist völlig absurd, daß ich in Rom zum Zweck der Exkommunikation denunziert worden bin, und selbstverständlich, meine liebe Gertrude, begebe ich mich aus freien Stücken dorthin, um meine Sache zu verteidigen. Werden Sie mit mir zusammen dort sein? Sie könnten dann nach England zurückkehren und sich in der Strafvollzugsreform oder ähnlichem betätigen.«

»Meine Aufenthaltserlaubnis für Tibet ist leider befristet«, antwortet Gertrude heiser. »Ich kann einfach nicht weg.«

»Einem allgemeinen Wunsch folgend, habe ich beschlossen, von meinen Tonbändern eine Auswahl zu treffen und zu veröffentlichen. Ich habe festgestellt, daß einige Passagen fehlen, und fürchte, der Teufel, der wie ein brüllender Löwe umherstreift, hat sie verschlungen. Viele Film- und Bühnenangebote liegen vor, und all das wird enorm dazu beitragen, Ihre Arbeit in der äußeren Mission zu fördern und den vielen Hungerleidenden zu helfen. Gertrude, Sie wissen, ich bin Gegenstand der Kunst geworden, deren Zweck es ist, Freude zu spenden.«

»Löschen Sie die englische Poesie auf den Bändern«, rät Gertrude. »Damit machen Sie in Rom keinen guten Eindruck. Es ist die Sprache Cranmers, der Bibelfassung von King James, des Gebetbuches der anglikanischen Kirche. Rom schluckt alles, aber keine englische Poesie.«

»Also, Gertrude, ich verstehe nicht, wie die Kardinäle die Tonbandprotokolle lesen oder die Bänder anhören können, wenn deren Existenz unmoralisch ist. Auf alle Fälle habe ich von allen Schwestern schriftliche Geständnisse, die ich nach Rom mitnehme. Fünfzig insgesamt.«

»Was haben die Schwestern gestanden?«

Die Äbtissin liest mit inbrünstiger Stimme der weit entfernten Gertrude über die grüne Leitung das *Confiteor* der Schwestern vor.

»Sie alle haben diese Aussage unterschrieben?«

»Gertrude, haben Sie eine Bronchitis?«

»Ich bin außer mir, wenn ich höre, daß Sie in Crewe alle in einem fort gesündigt haben, und dazu noch viel, nicht nur in Gedanken und Werken, sondern auch mit Worten. Ich habe geschuftet und mich abgeplagt, während Sie – wenn man diesem haarsträubenden Text glauben darf – die Lilien auf dem Felde beschaut und viel gesündigt haben. Sie haben sich alle schuldig gemacht, eine jede von Ihnen, in höchstem Maße schuldig.«

»Ja, das steht in den Geständnissen, Gertrude, meine treue Liebe. *O felix culpa!* Maximilian und Baudouin sind außer Landes, sie sind nach Amerika geflohen und halten Seminare über kirchliche Regieführung beziehungsweise Dämonologie ab. Sagen Sie mir, Gertrude, soll ich auf dem Luft- oder dem Land- und Seeweg nach Rom reisen?«

»See- und Landweg«, sagt Gertrude. »Lassen Sie sie warten.«

»Ja, das weiche Spiel der Wolken über dem Kanal wird mir gut stehen. Ich hoffe, in etwa zehn Tagen abzureisen. Das Prager Jesuskind ist schon auf der Bank – Gertrude, sind Sie noch da?«

»Ich habe das nicht mitbekommen. Ich habe eine Haarnadel fallen lassen und aufgehoben.«

Mildred und Walburga sind jetzt abwesend, sie haben es für nötig gehalten, die Krankenstation im Kloster Ynce für den leidenden alten Abt neu herzurichten. Alexandra – sie sieht sich im Geist schon auf dem Oberdeck des Schiffes, das sie von Dover nach Ostende bringt, sieht sich im Zug durch den Sankt-Gotthard-Tunnel auf der langen Reise nach Rom quer über die Landkarte von

Europa – sitzt elegant an ihrem Schreibtisch und schreibt an den Kardinal in Rom. O einmalige Äbtissin von Crewe!

»Eure Hochwürdige Eminenz,
Eure Eminenz erweisen mir die Ehre, mich einzuladen, damit ich dem Kongregations-Untersuchungsausschuß im Fall des kleinen Fingerhutes von Schwester Felicity und fingerhutverwandten Angelegenheiten Rede und Antwort stehe ...«

Sie hat Anweisungen für Auswahl und Bearbeitung der Tonbandprotokolle gegeben. Sie hat ihre Schwestern vor der Komplet zusammengerufen. »Tilgen Sie die Verse, die ich gesprochen habe. Sie betreffen nur mich und sollten nicht der Öffentlichkeit hingeworfen werden. Vermerken Sie ›Poesie gelöscht‹. Streichen Sie konsequent alle unerheblichen, albernen Aufzeichnungen dieser Art und geben Sie der Sammlung den Titel *Die Äbtissin von Crewe*.«

Unsere Lustbarkeiten sind zu Ende. Seid nüchtern und wachet. Und so reist die Äbtissin tatsächlich an dem ersehnten schönen Tag über die außergewöhnlich glatte See, steht auf dem Oberdeck, so gerade wie der Schornstein eines weißen Schiffes, und bewundert, wie die weiten Wasser von Ufer zu Ufer wogen, gleich jenem Kornfeld voll Erhabenheit, das – nie bestellt – niemals abgeerntet werden sollte, leuchtende und unvergängliche Saat.

Nachweis

Die Zeilen aus dem Gedicht *Neunzehnhundertneunzehn* (S. 5) von William Butler Yeats wurden dem Band ›William B. Yeats, Werke‹, herausgegeben von Werner Vordtriede, Luchterhand Literaturverlag, Hamburg 1970, entnommen. Abdruck mit freundlicher Genehmigung.

Auch deine Schönheit ... (S. 14) aus Andrew Marvells Gedicht ›An seine spröde Geliebte‹ wurde dem Band ›Englische Gedichte aus sieben Jahrhunderten‹, von L. L. Schücking, Dieterichsche Verlagsbuchhandlung, Leipzig, entnommen.

Klaus-Dieter Sommer übersetzte folgende Zeilen: *Nie sah man Rot* und *Verwandelnd* aus Andrew Marvells ›The Garden‹ (S. 28), *Jeder Preis, der ausgemacht* aus Wystan Hugh Audens ›Lay Your Sleeping Head, My Love (S. 37), *Nun schlafe wohl* aus Henry Kings ›The Exequy‹ (S. 38), *Am Wasser hin* aus der schottischen Ballade ›Helen of Kirkconnel‹ (S. 50), *Es ist seltsam fürwahr* und *Zierlich und heiter* aus Walter de la Mares ›Miss T.‹ (S. 55, S. 57), *Der Liebe Bild aus seidnem Garn* aus William Butler Yeats' ›O' Sullivan Rua to Mary Lavell‹ (S. 92), *Tugend ist ihr* aus Alexander Popes ›To a Lady‹ (S. 99), *Wann endlich, Friede* aus Gerald Manley Hopkins' ›Peace‹ (S. 107), *War ich doch einst* aus Henry Vaughans ›Silex Scintillans. Retreat‹ (S. 124) und *Und wie sein Arm* aus Andrew Marvells ›Damon the Mower‹ (S. 131).

Muriel Spark im Diogenes Verlag

»Diese Mischung von spannender Unterhaltung und ernsteren Erörterungen, die an Graham Greene erinnert, gelingt nur wenigen Autoren.« *FAZ*

Muriel Spark, geboren in Schottland, ist Autorin von Romanen, Theaterstücken, Kinderbüchern und Gedichten. Zahlreiche ihrer Bücher wurden verfilmt. Sie lebt in Italien.

Memento Mori
Roman. Aus dem Englischen von Peter Naujack

Junggesellen
Roman. Deutsch von Elisabeth Schnack

Die Ballade von Peckham Rye
Roman. Deutsch von Elisabeth Schnack

Robinson
Roman. Deutsch von Elizabeth Gilbert

Die Tröster
Roman. Deutsch von Peter Naujack

Vorsätzlich Herumlungern
Roman. Deutsch von Hanna Neves

Portobello Road
Erzählungen. Deutsch von Peter Naujack und Elisabeth Schnack

Die Blütezeit der Miss Jean Brodie
Roman. Deutsch von Peter Naujack

Das einzige Problem
Roman. Deutsch von Otto Bayer

Mädchen mit begrenzten Möglichkeiten
Roman. Deutsch von Kyra Stromberg

Das Mandelbaumtor
Roman. Deutsch von Hans Wollschläger

Päng päng, du bist tot
Erzählungen. Deutsch von Matthias Fienbork

Hoheitsrechte
Roman. Deutsch von Mechtild Sandberg

»Ich bin Mrs. Hawkins«
Roman. Deutsch von Otto Bayer

Bitte nicht stören
Roman. Deutsch von Otto Bayer

»Töte mich!«
Roman. Deutsch von Matthias Fienbork

Das Treibhaus am East River
Roman. Deutsch von Otto Bayer

Symposion
Roman. Deutsch von Otto Bayer

Übernahme
Roman. Deutsch von Mechthild Sandberg

In den Augen der Öffentlichkeit
Roman. Deutsch von Christian Ferber

Die Äbtissin von Crewe
Roman. Deutsch von Gisela Petersen

Celia Fremlin im Diogenes Verlag

»Celia Fremlin ist neben Margaret Millar und Patricia Highsmith als wichtigste Vertreterin des modernen Psychothrillers hierzulande noch zu entdecken.«
Frankfurter Rundschau

Klimax
oder Außerordentliches Beispiel von Mutterliebe. Roman. Aus dem Englischen von Dietrich Stössel

Onkel Paul
Roman. Deutsch von Isabella Nadolny

Parasiten-Person
Roman. Deutsch von Monika Elwenspoek

Zwielicht
Roman. Deutsch von Ursula Kösters-Roth

Wer hat Angst vorm schwarzen Mann?
Roman. Deutsch von Otto Bayer

Die Stunden vor Morgengrauen
Roman. Deutsch von Isabella Nadolny

Rendezvous mit Gestern
Roman. Deutsch von Karin Polz

Die Spinnen-Orchidee
Roman. Deutsch von Isabella Nadolny

Ein schöner Tag zum Sterben
Erzählungen. Deutsch von Ursula Kösters-Roth

Gibt's ein Baby, das nicht schreit?
Roman. Deutsch von Isabella Nadolny

Die Eifersüchtige
Roman. Deutsch von Barbara Rojahn-Deyk

Unruhestifter
Roman. Deutsch von Monika Elwenspoek

Margaret Millar im Diogenes Verlag

»Margaret Millar beweist in ihren Krimis ein psychologisches Gespür für die Abgründe menschlichen Denkens und Handelns hinter den bürgerlichen Fassaden. Ohne Schnörkel, ohne jemals langatmig zu werden, erzählt sie spannende und beklemmende Geschichten, die den Leser nicht loslassen.«
Radio Bremen

»Margaret Millars Blick ist so scharf wie der von Patricia Highsmith; noch entschiedener enthält sie sich jeden Effektes, jeder Extravaganz.«
Die Zeit, Hamburg

Die Feindin
Roman. Aus dem Amerikanischen von Elizabeth Gilbert

Liebe Mutter, es geht mir gut...
Roman. Deutsch von Elizabeth Gilbert

Ein Fremder liegt in meinem Grab
Roman. Deutsch von Elizabeth Gilbert

Die Süßholzraspler
Roman. Deutsch von Georg Kahn-Ackermann und Susanne Feigl

Von hier an wird's gefährlich
Roman. Deutsch von Fritz Güttinger

Fragt morgen nach mir
Roman. Deutsch von Anne Uhde

Der Mord von Miranda
Roman. Deutsch von Hans Hermann

Das eiserne Tor
Roman. Deutsch von Karin Reese und Michel Bodmer

Nymphen gehören ins Meer!
Roman. Deutsch von Otto Bayer

Fast wie ein Engel
Roman. Deutsch von Luise Däbritz

Die lauschenden Wände
Roman. Deutsch von Karin Polz

Banshee die Todesfee
Roman. Deutsch von Renate Orth-Guttmann

Kannibalen-Herz
Roman. Deutsch von Jobst-Christian Rojahn

Gesetze sind wie Spinnennetze
Roman. Deutsch von Jobst-Christian Rojahn

Blinde Augen sehen mehr
Roman. Deutsch von Renate Orth-Guttmann

Wie du mir
Roman. Deutsch von Renate Orth-Guttmann

Patricia Highsmith im Diogenes Verlag

»Die Highsmithschen Helden, gewöhnt an die pflaumenweiche Perfidie und hämisch-sanfte Tücke des Mittelstandsbürgertums, trainiert aufs harmlose Lügen und Verstellen, begehen Morde so, als wollten sie mal wieder Ordnung in ihre unordentlich gewordene Wohnung bringen. Da gibt es keine moralischen Skrupel, die bremsend eingreifen, da herrscht nur die Logik des Faktischen. Meist sind es Paare, enttäuschte Liebhaber, Beziehungen, die in der Sprachlosigkeit gestrandet sind, sich nur noch mittels Mißverständnissen einigermaßen arrangieren, ehe das scheinbar funktionierende Getriebe einen irreparablen Defekt bekommt. Diese ganz normalen Konstellationen sind es, übertragbar auf alle Gesellschaften, die die Autoren und Filmer im deutschsprachigen Kulturraum so faszinieren. Denn Patricia Highsmith findet für ihre seelischen Offenbarungseide immer die schauerlichsten, alptraumhaftesten Rahmen, die ihren ›Beziehungskisten‹ den rechten Furor geben.
Die Highsmith-Thriller sind groteske, aber präzise Befunde unserer modernen bürgerlichen Gesellschaft, die an Seelenasthma leidet.«
Wolfram Knorr/Die Weltwoche, Zürich

Der talentierte Mr. Ripley
Roman. Aus dem Amerikanischen von Barbara Bortfeldt

Ripley Under Ground
Roman. Deutsch von Anne Uhde

Ripley's Game
oder Ein amerikanischer Freund
Roman. Deutsch von Anne Uhde

Der Junge, der Ripley folgte
Roman. Deutsch von Anne Uhde

Ripley Under Water
Roman. Deutsch von Otto Bayer

Venedig kann sehr kalt sein
Roman. Deutsch von Anne Uhde

Das Zittern des Fälschers
Roman. Deutsch von Anne Uhde

Lösegeld für einen Hund
Roman. Deutsch von Anne Uhde

Der Stümper
Roman. Deutsch von Barbara Bortfeldt

Zwei Fremde im Zug
Roman. Deutsch von Anne Uhde

Der Geschichtenerzähler
Roman. Deutsch von Anne Uhde

Der süße Wahn
Roman. Deutsch von Christian Spiel

Die zwei Gesichter des Januars
Roman. Deutsch von Anne Uhde

Kleine Geschichten für Weiberfeinde
Eine weibliche Typenlehre in siebzehn Beispielen. Deutsch von Walter E. Richartz. Zeichnungen von Roland Topor

Kleine Mordgeschichten für Tierfreunde
Deutsch von Anne Uhde

Der Schrei der Eule
Roman. Deutsch von Gisela Stege

Tiefe Wasser
Roman. Deutsch von Eva Gärtner und Anne Uhde

Die gläserne Zelle
Roman. Deutsch von Gisela Stege und Anne Uhde

Ediths Tagebuch
Roman. Deutsch von Anne Uhde

Der Schneckenforscher
Elf Geschichten. Deutsch von Anne Uhde. Mit einem Vorwort von Graham Greene

Leise, leise im Wind
Zwölf Geschichten
Deutsch von Anne Uhde

Ein Spiel für die Lebenden
Roman. Deutsch von Anne Uhde

Keiner von uns
Elf Geschichten
Deutsch von Anne Uhde

Leute, die an die Tür klopfen
Roman. Deutsch von Anne Uhde

Nixen auf dem Golfplatz
Erzählungen. Deutsch von Anne Uhde

Suspense
oder Wie man einen Thriller schreibt. Deutsch von Anne Uhde

Elsie's Lebenslust
Roman. Deutsch von Otto Bayer

Geschichten von natürlichen und unnatürlichen Katastrophen
Deutsch von Otto Bayer

Meistererzählungen
Deutsch von Anne Uhde, Walter E. Richartz und Wulf Teichmann

Carol
Roman einer ungewöhnlichen Liebe
Deutsch von Kyra Stromberg

Als Ergänzungsband liegt vor:

Über Patricia Highsmith
Zeugnisse von Graham Greene bis Peter Handke. Mit Bibliographie, Filmographie und zahlreichen Fotos. Herausgegeben von Franz Cavigelli und Fritz Senn

Barbara Vine im Diogenes Verlag

»Barbara Vine alias Ruth Rendell ist in der englischsprachigen Welt längst zum Synonym für anspruchvollste Kriminalliteratur geworden.«
Österreichischer Rundfunk, Wien

»Ihre Romane spüren den finstersten Besessenheiten, den Obsessionen, Zwängen und emotionalen Abhängigkeiten, den Selbsttäuschungen und Realitätsverlusten von Liebes- oder Haßsüchtigen nach. Barbara Vine: die beste Reiseführerin nach Tory-England und ins Innere der britischen Kollektivseele.«
Sigrid Löffler/profil, Wien

Barbara Vine (i.e. Ruth Rendell) wurde 1930 in London geboren, wo sie auch heute lebt. Sie arbeitete als Reporterin und Redakteurin für verschiedene Magazine. Seit 1965 schreibt sie Romane und Stories, die verschiedentlich ausgezeichnet wurden.

Die im Dunkeln sieht man doch
Roman. Aus dem Englischen
von Renate Orth-Guttmann

Es scheint die Sonne noch so schön
Roman. Deutsch von
Renate Orth-Guttmann

Das Haus der Stufen
Roman. Deutsch von
Renate Orth-Guttmann

Liebesbeweise
Roman. Deutsch von
Renate Orth-Guttmann

König Salomons Teppich
Roman. Deutsch von
Renate Orth-Guttmann